チート薬学で成り上がり！

CHEAT YAKUGAKU DE NARIAGARI!
hakushaku ke kara houchiku sareta kedo
yasashii shishakuke no youshi ni narimashita!

伯爵家から放逐されたけど・・・優しい・・・子爵家の養子になりました！

著 めこ

illust.汐張神奈

主な登場人物
MAIN CHARACTER
ナタリー
アレクの専属メイド。
常にアレクのことを第一に考えている
が、たまに取り乱すこともある。
アレク
女神からスキル〈全知全能薬学〉を授かり
異世界に転生させられた本作の主人公。
その力を使って、異世界で成り上がりを目指す。

セバン
子爵家の筆頭執事。とある事情から、
高い戦闘力を有している。
ノックス
子爵家に仕える騎士団の団長。
剣術も魔法もトップクラスの実力。
ヨゼフ
アレクを養子として引き取った子爵。
優しい性格で領民から慕われている。
カリーネ
ヨゼフの妻。アレクを本当の
息子のようにかわいがっている。

第一章　転生からの追放

東京のあるアパートの一室で、一人の男が酒を飲んでいた。

彼の名前は高橋渉《たかはしわたる》。今年で三十七歳になるブラック企業勤《つと》めの元サラリーマンだ。

かつてはプロ野球選手を目指す高校球児だったが、高校からの帰り道で交通事故に遭《あ》い、足と腕《うで》を骨折し、さらに膝《ひざ》の靭帯《じんたい》を損傷《そんしょう》してしまった。野球はおろか、日常生活に支障《ししょう》をきたすほどの大怪我だ。

懸命《けんめい》にリハビリをするも足も腕も思うように動かせず、それで自暴自棄《じぼうじき》になったのだ。

以来、彼は親に暴言を吐き、ずっと親の脛《かじ》をかじって、部屋に引きこもって生きていた。

それから親が交通事故で亡くなった。しばらくは親の遺産《いさん》でどうにかなったが、その後も働かずに何年も引きこもっていたため金がなくなった。

渉は仕方なく働くことを決めて、『アットホームな職場』、『今なら幹部も夢ではない』、『祝い金百万』と求人情報に載《の》っていた会社の面接を受けに行った。

求人情報の怪しさや、面接の時にすれ違った社員の死んだような顔、そうしたことに気付いて辞めておくべきだった。だが、その時の渉は、どうしても祝い金百万円が欲しかったのだ。

言うまでもなくその会社はブラックで、入社していきなり終電間近まで仕事をさせられ、上司からの暴言と暴力を受けることになった。

「能無しのお前を雇う会社はここくらいだ。精々《せいぜい》死ぬまで会社に尽くせ」と社長から毎日のように言われる日々が続く。

だが、渉には抗《あらが》う気力もなかった。いわゆる洗脳《せんのう》状態だったのだ。

そのようにして渉は、他の社員が辞めていく中、十一年も勤め続けていた。しかし、一週間前にとうとう過労《かろう》により倒れてしまう。

医者から入院を言い渡されたため会社に電話で報告すると、上司から「過労で倒れるやつはクビだ」と言われた。

怒った渉が、「これまでのことを訴《うった》えますよ」と言うと、上司から、「好きにするといい。どうせ訴える度胸もないくせに」と吐き捨てられたのだった。


今は体調が回復したので無事退院した。そうして自室で酒を飲みながらこれからのことについて考えていた。

会社をクビになったことや、思った以上にかかってしまった入院費用など、様々な不安が押し寄せてきて、憂鬱《ゆううつ》になってくる。

渉はとりあえず気晴らしに録画していたアニメを見ることにした。

テレビをつけて、アニメを流す。

それは、異世界を舞台にした作品だった。

内容は、伯爵家の三男に生まれた主人公が、スキルも魔法適性もなく、家でも学校でも無能扱いされ、それに耐《た》えかねて自殺をし、死んだことから始まるというものだった。死んで生き返ったことが引き金となり、隠されていたスキルが覚醒《かくせい》して、無能扱いしてきたやつらに『ざまぁ』する――よくある話である。

「はぁ～異世界に行きたい。アニメの主人公みたいに活躍したい……うっ……視界が……」

そう呟《つぶや》いた瞬間、視界がぼやけ、渉は意識を失った。

◆　◇　◆

「うっ……うわぁぁぁぁぁぁぁぁ！　はぁはぁはぁはぁ」

目覚めた渉は、悪夢を見たような気分の悪さで、呼吸を乱していた。

そうして頭を抱えていると、どこからか女性の声が聞こえてきた。

「目覚めましたね。苦しいのは、生きた状態の魂《たましい》を無理矢理神界《しんかい》に運んだせいでしょう。もうすぐしたら治まりますよ。ん～～。話すのはまだ無理そうですね。落ち着くまで待ちましょう。呼吸が整ったら教えてください」

渉はへたり込みながら深呼吸をして、女性の言ったことの意味を考える。

（うっすらとしか聞こえなかったけど、『魂』とか『神界』とか言ってたな。まさかの転生か⁉

そんなわけないよな。アハハハ……）

　そう思いつつも、渉は自然とニヤニヤしてしまう。

「あの～そろそろ気持ち悪いニヤニヤをやめて、聞いてもらえるでしょうか？　あなたが考えている、その転生についてのお話をしたいのですが……よろしいでしょうか？」

　女性のその言葉を聞いてハッと我に返った渉は、ゆっくり顔を上げる。

　すると目の前には、絶世の美女がいた。

　渉は思わず見惚《みと》れてしまう。

「綺麗《きれい》……あ！　すいません。あまりにも綺麗な方だったのでつい……えっと、転生の話を詳しく教えてください！」

　渉がつい口走った『綺麗』という言葉に、女性は顔を赤くする。渉はその様《さま》を見て、さらに可愛いと感じるが、口にはせず黙って見つめる。

「本心から言われると恥ずかしいものですね。フフッ、まず自己紹介をさせてください。私は、女神のアリーシャと言います」

　アリーシャと名乗った女性は、そこで一度言葉を区切る。そして呆然《ぼうぜん》とする渉を前に、アリーシャは再び口を開いた。

「これからあなたを転生させます。その前に、どうしてあなたが選ばれたのかというと……ズバリ、社畜《しゃちく》生活で鍛《きた》え上げられた精神力の強さが理由です。精神力が強くないと、魂が転生先の肉体と交わる時、耐えきれずに消滅《しょうめつ》してしまいますからね。どうです？　転生なさいますか？」

急に早口で捲《まく》したてる女神に圧倒される渉であったが、すぐ冷静さを取り戻して、自分が置かれた状況を考える。

（女神様なら綺麗で当たり前だよな。前世でこんな綺麗な人と結婚できたら幸せだっただろうに……でもまさか、転生できる理由が社畜生活で鍛え上げられた精神力の強さとは。複雑な心境だ……それにしても、自分でも思うが、この状況を随分《ずいぶん》自然に受け入れてるな。普通、もっと慌てるはずなのにやけに冷静でいられる。まぁ、それよりも夢にまで見た転生だ！　他のことなんてこの際なんでもいい！）

そうして渉は意を決して口を開く。

「アリーシャ様、ぜひ転生させてください！　スキルとかいただけるのですか？　それから、転生先のことも知りたいです！」

もう渉の頭の中は転生一色である。

それはさておき心の内を読めるアリーシャは、『結婚できたら幸せ』などの渉の心の声に、またも顔を赤くしていた。

「うぅ……あまり恥ずかしいことを考えないでください……ゴホン、転生にあたりスキルを付与します。〈全知全能薬学《ぜんちぜんのうやくがく》〉、〈調合《ちょうごう》〉、〈薬素材創造《くすりそざいそうぞう》〉、〈診断《しんだん》〉、〈鑑定《かんてい》〉です。〈調合〉と〈薬素材創造〉の二つは私の力で強化しておきました。魔法は火・水・土・風という基本となる四大属性の才能を与えています。習得には訓練が必要ですが……転生先は、伯爵家の次男です。死にかけている体に転生していただきます」

渉はふむふむと相槌《あいづち》を打って聞いていたが、『死にかけている体に』という辺りで大声を出す。

「はぁぁぁぁぁ!! 俺は転生してすぐ死ぬのか？ それに、スキルが前世で関わったことのない薬学って……死ななかったとしても使いこなせる気がしないんだけど」

転生できるとはしゃいでいたにもかかわらず、死にかけているということと、知識のないスキルを付与されるということを聞いて焦りまくる渉。

アリーシャは対照的に落ち着いた声で渉に語りかける。

「大丈夫ですよ。転生先の体の魂は死ぬ運命ですが、肉体はあなたが転生した段階で、私が治しますので。薬学に関しては、〈全知全能薬学〉であらゆる薬を作れます。医療《いりょう》だけでなく、あなたの成長に役立つと思います。きっと使いこなせるはずです。それよりも、伯爵家でのあなたの扱いの方が辛い思いをするでしょう。それでは、さっそく転生させますので、第二の人生を楽しんでくださいね！」

その言葉を聞いたのを最後に、渉の意識は再び遠のいていった……

◆◇◆

「んんん？ ここは……？ うっ……！ 頭が……」

目が覚めた渉は少し混乱しているが、意識ははっきりとあった。そう気付くと同時に頭に激痛が走る。

「アレク様!?　お目覚めになられたのですね。本当によかったです！　三日も昏睡《こんすい》されていたので、このまま目を覚まさなかったらどうしようかと……」

そう言って渉の体を揺すり、『アレク様』と呼びかけてくる女性がいた。

渉は、この体――アレクの記憶から、この栗毛《くりげ》でボブカットの女性が、アレク専属《せんぞく》のメイドのナタリーだとわかった。

そして、これからアレクとして生きていかなくてはいけないということと、アレクの現状を理解する。

「ふぅ～」

彼は頭の中で再度冷静に状況を整理しながら息を吐く。そして、心配から解放され安堵《あんど》の涙を流すナタリーの頭を撫《な》でた。

「ナタリー、心配をかけたな。ずっと付きっきりで疲れただろう？　父上に俺が起きたことを伝えてしばらく休むといい」

記憶からナタリーは信用できる人物だと感じるのだが、確信は持てない。ともかく一人になって、スキルや魔法を確認をしたいと考えたアレクは、ナタリーに下がって休むよう言う。

「はい、すぐに旦那《だんな》様にご報告してまいります。ですがすぐに戻ってきますよ、お目覚めになったばかりのアレク様を一人にはできませんからね！　ご回復するまでは、昼夜問わずお世話をさせていただきます」

前世では、メイドといえばメイド喫茶くらいでしか会ったことがない。これが本当のメイドなのかと圧倒される渉。

そうして萎縮《いしゅく》しつつも彼はナタリーの疲れ切った顔と目の下の隈《くま》を見て、自身が昏睡状態の間、彼女が寝ていなかったことを察した。

そして、信用できるできない以前に、こんな状態の女性に世話させるようなことをできるはずがないと思い直す。

「俺を心配するなら休め、命令だ！　数日の間、寝ていないだろう？　そんな疲れ切った状態で世話をされても嬉《うれ》しくない。二日ほど休んでしっかり英気《えいき》を養《やしな》ってこい！　それから、ナタリー以外の世話は不要だ！　ナタリーが休んでいる間は、一人でどうにかする！」

命令と言われた以上、聞き入れるほかないナタリー。そう思う一方で彼女は前のアレクと今のアレクが別人のような口調と振る舞いをしていることに違和感を覚えていた。

「……わかりました。しっかり休み、万全の状態でお世話できるようにします。それでは、失礼いたします」

だが、目の前にいるのは、どう見てもアレク本人なので、おかしいと感じても受け入れるしかない。ナタリーは不審に思いつつも、一礼して部屋から出ていく。

「ふぅ、やっと一人になれたな。ナタリーには知らせろと言ったが、親父《おやじ》がここに来るかはわからない。だけど、誰が来てもいいように自然体でいないとな。とりあえず、記憶の整理と今後の動きを考えないと」

渉はこの国のことや家族のことなどを、アレクの記憶から探る。

王国の名前は、ウズベル王国。アレクはバーナード伯爵家の次男で、十歳。親父がディランで、義母《ぎぼ》がアミーヤ、三つ上の兄がヨウス。

現状、アレクには魔法の才能も、剣術の才能もない。さらに、スキルもなしの落ちこぼれとして家族から扱われている。

アレクは妾《めかけ》の子だから、家族みんなが暮らす本館ではなく、別館の一室に住まわされていて、使用人からもぞんざいな扱いを受けている……しかも実の母親は死んでこの世にはいない。

さっきまで『死にかけていた』原因は、日頃から受けているヨウスの暴力だった。模擬戦の最中に、頭を強打されたのである。

（よくもまぁこんな環境の中で、十歳まで生きてこられたものだ……『辛い思い』とはこのことか）

渉は女神の言っていた『伯爵家でのあなたの扱い』という言葉を思い出していた。

（まずは、周囲の人に悟《さと》られないように女神様から貰《もら》ったスキルを理解して、肉体を鍛えることだな。伯爵家にいる限り、魔法を学ぶことすらできそうにない。なので最速で肉体強化をして家を出る、これを第一目標にしよう。そしてこれからは、渉ではなくアレクとして第二の人生を謳歌《おうか》しよう）

そう考えていると、ドアが開く。中に入ってきたのは、父ディランであった。

「悪運の強いやつだ。そのまま死んでいればよかったものを。生きているなら仕方ない。出て行くまで、無能らしく大人しくしているんだな。以前伝えた通り、十五の成人までは家にいろ。成人になり次第、家を出ていってもらう。それだけだ」

ディランは父親らしからぬ言葉を言い、そのまますぐ部屋から出ていく。

記憶の通り父は、アレクを厄介者《やっかいもの》扱いしていた。しかしそんなことは今のアレクには関係ない。

とりあえず彼は家から出るための準備を進めることにする。

まずは今の自分の強さを知るため、ステータスを確認しようとして、アレクは意気揚々《いきようよう》と口を開いた。

「オープン……あれ？　出ないぞ⁉　〈ステータス〉！　おぉお～！　出たぞ」

渉として生きていた時の記憶から、アニメの真似をして詠唱《えいしょう》するアレク。

すると、アレクの前にステータス画面が浮かび上がった。

名　前：アレク・フォン・バーナード（伯爵家次男）
年　齢：十歳
種　族：人間
H　P：100　　M　P：10
攻撃力：10　　防御力：7
素早さ：7　　精神力：200
スキル：全知全能薬学　調合（EX）　薬素材創造（EX）　診断　鑑定
魔　法：なし（四大属性の素質あり）

ステータスを見て、アレクは思わず肩を落とした。

「うん……弱いな。この世界の基準はわからないが、見ただけで弱いのはわかる。精神力だけ200と高いのは、毎日の家族や使用人からの仕打ちによる結果だろうな」

ちなみに、アレクは知る由《よし》もないが、一般的な同年代では攻撃力、防御力、素早さの各数値は20ぐらいあるのが普通である。

アレクは気持ちを切り替え、次の確認作業へ進む。

「よし！　次はスキル確認だ！〈鑑定〉！」

アレクがそう言うと、目の前にスキルの説明が浮かび上がる。

全知全能薬学：あらゆる世界の薬学の情報を調べることができる。
調合（EX）：どのような素材でも100％の確率で調合を成功させる。
薬素材創造（EX）：あらゆる世界の薬に関する素材を創造できる。
診断：見た者の病気や後遺症《こういしょう》が一目で判断できる。
鑑定：ステータスやスキルの効果を見ることができる。
相手とのステータス差によって確認できる情報は制限される。

「うわぁ～、スキルはチートだな。女神様が言っていた『強化』というのはスキルに付いている

『EX』のことか？　これはバレないようにしないと……」

アレクはスキルを試そうと考えたが、今からだと誰が来るかわからないため断念した。

そしてもう一眠りして夜になったら試そうと決めた彼は、再び目を瞑《つむ》り眠りについた。


それから数時間が経って、日が傾いてきた頃。

アレクは頬《ほお》を叩かれた衝撃で目を覚ました。

「はっ？　え？　なんだ!?」

頬に鋭《するど》い痛みを感じるが、それよりもいきなりの出来事に頭が追いつかない。

戸惑《とまど》いながらも周りを見渡すと、執事《しつじ》の服を着た男が怒りながら叫んでいる様子が目に入った。

アレクは急いで記憶を探り、男がバーナード伯爵家に仕える執事のチェスターであることを理解した。

「おい！　起きろ！　ヨウス様がお呼びだ。チッ！　相変わらず汚くて臭《くさ》い部屋だな。お前のゴミのような臭《にお》いが移りそうだ」

そう言って、チェスターはドアを閉めずに部屋から出ていく。

チェスターは臭いと言ったが、実際アレクの部屋はナタリーが毎日綺麗に掃除《そうじ》をしてくれているので、決して臭くはないし、埃《ほこり》すらない。

「アイツ、記憶通りのクズだ。ヨウスが呼んでいるとか言ってたな……、嫌だけど、着替えてから行くとするか」

アレクの頬は真っ赤に腫《は》れている。その腫れ具合はチェスターが一切加減をしていないことを示していた。

アレクが着替えの準備を始めようとすると、チェスターが訪れていたことと、ドアが開け放たれていたことに気付いたナタリーが、心配してやってきた。

「アレク様、先ほどチェスター様を廊下《ろうか》で見かけたのですが……ってその頬、大丈夫ですか？　すぐに氷をお持ちいたします」

ナタリーはアレクを見た瞬間、頬が真っ赤に腫れ上がっていることに驚いた。そしてすぐに治療のために道具を持ってこようとする。

「ナタリー、待って！　俺は大丈夫だ。それよりヨウスが俺を呼んでいるらしいんだけど、場所はわかる？　チェスター、場所すらも言わずに出ていきやがったからさ」

「え？　やめてください！　また、あのような悲しいことが起こるのを見たくありません。私が代わりに行ってやめるように言ってまいりますので、どうかどうか、お願いいたします」

ナタリーは泣きながら訴《うった》える。そして「自分が行く」と言ってドアに向かっていった。

咄嗟《とっさ》にアレクは、ナタリーの腕を掴《つか》んで止める。

「ナタリー、寝る前にも言ったけど、本当に休め！　ナタリーに倒れられたら困るし、それに、無事に帰ってこられる作戦もあるから安心してくれ」

アレクは、ナタリーに心配させないよう嘘《うそ》をつく。本当は、無事に帰ってくる作戦などなかった。

「アレク様……それは、ずるいです……それを言われたら、私は断ることができません。アレグざま〜」

ナタリーはアレクの方へ向き直り、泣きながら抱きしめる。

そこまで心配されていることに驚きつつも、アレクは自然と彼女の背中をさすった。

「ナタリー、心配してくれてありがとう。でもそろそろ行かないと。あんまり時間をかけるとまたチェスターが騒ぎだすかもしれないし。ナタリーはゆっくり休んでいてくれ。それより、ヨウスがどこにいるかわかるか？」

アレクは再びヨウスの場所を聞きながら、適当に服を取って着替える。

「アレク様、わかりました。無事に戻ってきてください。もう、あんな思いは嫌ですからね。ヨウス様は、騎士《きし》達と訓練場にいると思います」

アレクは、自分の記憶から訓練場の場所を探った。そうすると、ヨウスの憎たらしい顔とアレクを馬鹿にする騎士達の顔が頭を過《よぎ》ってしまった。

アレクは嫌な気分になりつつも、頭を振ってドアに向かって歩き出す。

「じゃあ、行ってくる。ナタリーはしっかり休めよ。これは命令だからな」

アレクは振り返り、そう告げて部屋を出ていく。

部屋に残されたナタリーは、「必ず無事に帰ってきてください」と願うのであった。

◆　◇　◆

「ふぅ～別館から訓練場まで遠すぎだ。いっそもう行かなくてよくないか？」

アレクは、何故わざわざ呼び出されて痛い思いをしないといけないのだと思い直す。

そうしてふと振り返ると、そこにはチェスターとアレクの義母アミーヤがいた。

二人共、ニヤニヤと見下すように笑っている。

「まだ行っていなかったのかクズ。早く行けと言っただろうが！」

「ぐふぉっ……」

チェスターに前蹴りをされて吹き飛び、腹を押さえて悶絶《もんぜつ》するアレク。

アレクは腹の痛みでなかなか立ち上がることができない。

「うぅぅっ……ぐはぁっ」

そこへ追い討《う》ちをかけるように頭を踏みつけてくるチェスター。アミーヤはそれを見てニヤニヤと笑っていた。

アレクは思わずチェスターとアミーヤを睨《にら》みつける。

「なんだその偉そうな目は！　まだ足りないようだな」

チェスターは、バチーンバチーンバチーンとアレクの両頬を平手打ちする。頬はさらに真っ赤に腫れ上がった。

それを見ていたアミーヤは愉快そうに高笑いする
「ホ～ホッホッホッホ、本当いい気味。妾の子にお似合いですわ。チェスター、早くヨウスの所へ連れて行きなさい。あと、動かなきゃおもしろくないわ。回復ポーションを飲ませなさい」

チェスターは事前に用意していた青いポーションを懐《ふところ》から出す。そしてアレクの髪の毛を掴んで引っ張り、無理矢理顔を上げさせてポーションを飲ませた。

「ゲホンゲホンゲホン！」

アレクは回復ポーションの不味《まず》さに咳《せ》き込んでしまう。

薬の効果で顔の痛みは消えていったが、腹の痛みは治まらない。

アレクが咳き込んだ際に、チェスターの靴《くつ》に唾《つば》がかかっていた。

「このクズが、よくも私の靴を……」

「おやめなさいチェスター！」

激怒したチェスターは足を振り上げてアレクの顔を蹴ろうとしたのだが、アミーヤに止められた。

「あ！　はい。申し訳ございません。奥様」

「こんな所で倒れられても困りますわ。せっかくうちの可愛いヨウスが、首を長くして待っているのですから。チェスター、早く連れて行きなさい」

アミーヤが何故止めたかというと、ポーションをこれ以上アレクへ使いたくないのと、訓練場へ連れて行く前に気絶でもされたら、おもしろくないと思っているからである。決して、情けからの発言ではない。アミーヤはアレクを人間としてではなく、おもちゃのようにしか見ていないのだ。

「はい！　奥様。おい！　クズ、早く立て！　行くぞ」

アレクはまた髪の毛を引っ張られて無理矢理立たされる。その時アレクは、苛立《いらだ》ちと屈辱で歪《ゆが》んだ表情になっていた。

「その顔、いいですわね。あの女がこれを見たらどんな顔をすることでしょう」

アミーヤが言うあの女とは、アレクの実の母親——ソフィーのことである。

「早く歩け！」

チェスターは、アミーヤから忠告されているので、アレクを本気で蹴ることはせず、笑いながら軽く蹴りつける。


しばらく歩いて訓練場に着くと、大勢の騎士団員と騎士団長と訓練をするヨウスがいた。

「ヨウス、訓練頑張っていますわね。逃げようとしていた妾の子を連れてきましたわよ」

「お母様！　来ていたのですね。それに、そいつを連れてきていただき、ありがとうございます」

ヨウスは、アミーヤに対して満面の笑みで、手を振って応える。

「グレッグ団長、訓練はそこまでにして、ヨウスと妾の子の試合をさせてくれるかしら？」

アミーヤがそう言うと、周りにいた騎士達がニヤニヤしてアレクを見てくる。アレクはこの家の人間は本当にみんなクズなのだと確信した。

「かしこまりました。奥様！　おいクズ！　これを持って、早くヨウス様の前へ行け」

グレッグ団長は、騎士から子供用の木剣《ぼっけん》を受け取ると、アレクの前へと投げる。

従わないと何をされるかわかったものではないので、アレクは木剣を拾い、ヨウスの前へと向かう。

「おい！　クズ、早くかかってこいよ。またあの時みたいに、ボコボコにしてやる」

ヨウスは陰湿《いんしつ》な顔をしながらアレクを挑発《ちょうはつ》する。

アレクは挑発に対して苛立ちを覚えながら、かつてヨウスと戦った際の記憶を探った。

やられた記憶からわかったことは、能力の差は歴然《れきぜん》とあり、このままでは死んでしまう可能性があるということだった。

「おい！　クズ、怖気《おじけ》付いて足も動かないのか？　なら俺から行ってやるよ」

そう言うとヨウスは、アレクに向かって走り出す。

前世で剣など握ったことのないアレクは咄嗟に構えるが、ヨウスの攻撃に対応できずに横っ腹へ見事に攻撃を受けてしまう。

「グフォ……ゲホンゲホン」

アレクはもろに剣を受けて、その場に蹲《うずくま》って脇腹を押さえて動けないでいる。

「汚い顔しやがって」

「ぐはっ……」

ヨウスは蹲るアレクの顔面に蹴りを入れる。子供の蹴りなので、さっきのように吹き飛ぶことはないが、それなりに痛い。しかも口の中を切ってしまい、口から血を流す。

「ブッハハハハ、見ろよ。この顔。オラオラ、どうした？　立てよ」

蹲るアレクを何度も何度も木剣で殴《なぐ》るヨウス。アレクは致命傷を避けるために、背中を丸めて手で頭を守る。

「今日はこの辺にしといてやる。次は呼んだらすぐ来いよ！　わかったな。ブッハハハ」

それだけ言うと、ヨウスとアミーヤとチェスターはその場から去っていく。その際に、アミーヤは「いい気味ですわ」と言っていた。

「おい！　訓練の邪魔だ」

「うっ……ぐはぁっ」

グレッグ団長が、アレクを担ぎ上げて訓練場の外へと投げる。

アレクは地面に打ちつけられた衝撃で気絶してしまった。

◆◇◆

「うっ……ここは？　あ！　そうか……ボコボコにされて、訓練所から放り出されてそのまま気絶していたのか？　にしても痛《い》てぇ～」

目を覚ましたそこは訓練場近くの地面だった。

アレクはなんとか痛みに耐えながら仰向《あおむ》けになる。空を見ると、満天の星空と綺麗なまんまるのお月様が目に入った。

「異世界の夜空って綺麗だな……あぁ～死ななくてよかった。二度目の人生、もし速攻で死んでいたら笑えなかったな。アハハハ」

アレクは夜空を見上げて呟く。それからしばらくぼぉーっとゆっくりしてから、痛みに耐えながら立ち上がった。

すると、背後からナタリーの声が聞こえてきた。

「アレク様～、アレク様～」

ナタリーは、心配でアレクを捜しに来たようだ。

「ナタリー、こっちだこっち！　悪いけど、肩を貸してもらっていいかな？」

アレクはボロボロの体で手を振る。

「アレク様～。こんなお姿になって……すぐにポーションをお飲みください」

ナタリーは酷い姿になったアレクを見て、今にも泣き出しそうになる。

アレクはナタリーからポーションを受け取ると、ゴクリと飲み干す。

すると、それだけで打撲や顔の腫れは綺麗に治ったのだが、チェスターに蹴られた腹の痛みとヨウスから剣で殴られた横っ腹の痛みは消えなかった。

「ナタリー助かった。ありがとう。じゃあ、帰るか」

アレクはそう言って、痛む腹を押さえながら歩き出す。

「アレク様、本当に大丈夫ですか？　私、心配で心配で……」

手で顔を覆《おお》いながら、涙を流して悲しむナタリー。

「大丈夫だ。心配させて悪かったな。来てくれて助かった。お互い休もう」

傍《はた》から見れば、アレクの対応はかなりぶっきらぼうなものだ。

アレクにもナタリーが心配して悲しんでくれているのはわかるのだが、転生してから最低な人間にしか会っていないので、どうしても信用しきれない。自分でも最低だとはわかっているが、どうすることもできないのだ。

「は、はい！　部屋まで付き添います」

ナタリーは涙を拭《ぬぐ》う。

普段と雰囲気や言葉遣いの違うアレクに圧倒されたのと、今どんな言葉を投げかけたところで前のような優しいアレクには戻ってくれないと感じて、ナタリーは素直に従うことにした。いつか前のようなアレクになると信じて。


部屋へ戻ったアレクは、ベッドに横になる。

ナタリーは悲しそうな顔をして、「失礼いたします」とすぐ部屋を出ていった。

「クソッ！　絶対に許さない！　いつか必ずこの報いを受けさせてやる」

一人残されたアレクは、弱く情けない自分と、伯爵家の腐《くさ》った人間に腹を立てていた。そして、元のアレクの無念も感じ、彼が受けた仕打ちも合わせて、やつらに倍にして返してやると心に誓《ちか》ったのであった。

それからしばらく寝ていたのだが、チェスターとヨウスから受けた暴力で、胃の辺りと脇腹がとてつもなく痛くて起きてしまった。

服をたくし上げると、脇腹は少し腫れて青紫《あおむらさき》色になっていた。打撲が治るポーションを飲んでも治らないということは、骨にヒビが入ったか、折れているのであろう。

そう思いつつアレクはふと外に目をやり、まだ外が真っ暗で、数時間しか寝ていないことに気付いた。そして、今が自分のスキルを確認する絶好の機会であることを認識した。

「〈全知全能薬学〉」

そう口にすると、目の前に無数の薬の名前が羅列《られつ》されて浮かび上がった。

よく見ると、わかりやすく『あいうえお』順に並べ変えることが可能で、しかもタッチパネルのように触《さわ》って選べた。

適当に操作をしていると、難病完治薬など、地球にはない治療薬も存在していることがわかった。

「『ハイポーション』と『成長二倍薬《せいちょうにばいやく》』と『攻撃力成長薬《こうげきりょくせいちょうやく》』に『魔力強化薬《まりょくきょうかやく》』だって……」

アレクは今の自分に必要な薬を見つけ、そう呟いた。

「薬の種類によってはその場しのぎではなくて、それを飲んで鍛えて適度な睡眠《すいみん》を取ることでステータスが上昇するとは……試しに、『ハイポーション』と『攻撃力成長薬』を作製して飲んでみよう。それで回復してから筋トレをしてみるか」

アレクは、そこら辺にあった器を用意すると、〈薬素材創造〉で必要な素材を創造することにした。

必要な素材の名前を頭に浮かべるだけで、目の前に必要な素材が出現した。

それから器に素材を載せて、手をかざして〈調合〉を使う。初めて使うにもかかわらずどうやれば完成するのかが、何故か自然とわかった。これも、アリーシャの言っていた『強化』のおかげなのだろうとアレクは思う。

出来上がったのは、濃い青色の液体と無色透明な液体であった。アレクは、不安を感じながらも

スキルを信じて濃い青色の『ハイポーション』の方から飲み干す。

　すると回復薬では治らなかった痛みが引いて、腫れも青紫の部分も治った。

　次に、無色透明な液体である『攻撃力成長薬』を飲んでみる。しかし、先ほどと違い瞬時に何か変化があるわけではなかった。

　アレクはとりあえず腕立て伏せをしてみた。子供だからか、普段運動もしていないせいなのか、二十回程度で仰向けになり息も絶え絶えとなる。

「はぁはぁはぁはぁはぁはぁ……弱すぎるぞこの体……前世の全盛期だと日課で百回くらいこなしていたのに。これは、ちゃんとトレーニングメニューを考えないとな。まだ体は動くし、次は腹筋だな」

　案の定腹筋も、二十回程度で音《ね》を上げてしまう。

　そして這《は》いつくばりながら、〈全知全能薬学〉で見つけた『睡眠持続回復薬《すいみんじぞくかいふくやく》』を作って飲む。これは、睡眠による身体回復の効果を通常の三倍ほどにする薬だ。

　普通、身体回復を望むなら回復薬でいいのだが、アレクは筋トレ後は回復薬を使用しないようにしようと決めていた。

　何故なら、回復薬は全てを元に戻すため、筋トレの効果すら失われて意味をなくすからだ。つまり超回復——傷付いた筋肉が回復する際に元よりも大きくなる現象——に必要な筋組織《きんそしき》の損傷《そんしょう》が、全て治って意味を成さなくなるからである。

　さっきまで寝ていたので寝られるか不安になりつつも、這いつくばりながらベッドへと向かい布団に潜り込むアレク。その心配は杞憂《きゆう》に終わり、いつの間にか眠りについていた。

「んん？　ふわぁ～もう朝かぁぁ」

気付くと外は明るくなり、朝を迎えていた。

アレクは体を起き上がらせるが、一切筋肉痛もなく、昨日より快調なくらいだ。早速、ステータスを確認する。

「〈ステータス〉」

名　前：アレク・フォン・バーナード（伯爵家次男）
年　齢：十歳
種　族：人間
Ｈ　Ｐ：１００　　Ｍ　Ｐ：10
攻撃力：20　　防御力：17
素早さ：7　　精神力：２００
スキル：全知全能薬学　調合（ＥＸ）　薬素材創造（ＥＸ）　診断　鑑定
魔　法：なし（四大属性の素質あり）

「え？　昨日ちょっと腕立てと腹筋をしただけで、攻撃力と防御力が10も上がってるだと……！

これが薬の力か……マジのチートじゃねぇか！」

アレクは伯爵家に復讐《ふくしゅう》するために、薬の力を利用して自身の肉体を鍛えると誓ったのだった。

◆◇◆

それから十日後。

腹筋・背筋・腕立て百回を軽くこなせるようになり、ＨＰと攻撃力と防御力と素早さをそれぞれ２００まで上げることができた。そして何故かはわからないが、成長薬をどれだけ使ってもこれ以上ステータスを上げられないとわかった。

そんなアレクは、そろそろこの伯爵家ともおさらばしようかと考えていた。

また、この十日間、体を鍛えることしかしていないので、今日は伯爵家を散歩しながらどれだけ嫌われているのか探ってみようとも思っていた。

そんな折、トントントンとアレクの部屋のドアがノックされる。

「アレク様、入ってもよろしいでしょうか？」

ドアの向こうにいるのは、ナタリーだった。

アレクはスキルを見られては困るので、十日間、決まった時間に体を拭《ふ》くお湯と、食事を持ってくること以外、ナタリーの入室を制限していた。

「どうぞ」

アレクがそう言うと、お盆に食事を載せたナタリーが部屋に入ってくる。

「アレク様、朝食をお持ちいたしました。それでは失礼いたします」

ナタリーは、用が済んだらすぐ出ていくようにとアレクに言われていたため、退出しようとする。

彼女はアレクに嫌われてしまったため、遠ざけられているのだと勘違いをしていた。

「ナタリー、少し待ってくれ。朝食が済み次第、屋敷《やしき》を歩いて回るから、服を用意してくれないか？」

この十日間、呼び止められることのなかったナタリーは驚いて「ふぇ!?」と変な声を出す。

だが、長年勤めているメイドだけあって、すぐに平常心を取り戻す。

「わかりました。アレク様に似合う服をご用意いたします。ですが、屋敷を歩かれるのは……」

屋敷にいる家族から使用人まで、アレクが全てに疎《うと》まれていることを知っているナタリーは、アレクに部屋から出てほしくないと思っている。もう、あのような死にかけの惨状《さんじょう》や罵倒《ばとう》される姿を見たくないのだ。

それに、ディランから呼び出される以外は、本館に入ってくるなとの言い付けがあった。そのためナタリーは、許可もなく屋敷を歩くなんて、自分から殴られに行くようなものだと、心配していた。

「心配しなくて大丈夫だからさ。その代わり、ナタリーは何が起きても俺の味方でいてほしい。それから、食事、凄《すご》くおいしいよ。いつもありがとう」

この十日間、ナタリーだけが部屋にやってきて世話をしていた。

食事も料理長がアレクへの嫌がらせで作ろうとしないので、ナタリーが作ってくれている。アレクはすでにナタリーのことをこの屋敷で唯一信用できる人物だと認識するようになっていた。

「はい！　私は、いつでもアレク様の味方です。ですが最近、アレク様が別人になられたのではと思う時があります。もし、不安になることがあれば、いつでも聞きますのでお話しくださいね」

「俺は、何も変わっていない……いや、やっぱり変わったのかな？　このままじゃいけないって思うようになったんだ」

ナタリーは安心をすると同時に、何があっても味方でいないと駄目《だめ》だなと思い、今まで以上にアレクに尽くそうと決意した。

「はい！　アレク様。カッコいい服に着替えましょう」

「ああ」

アレクはそう返答しつつ、これからのことを考える。

（じゃあ服を着替えて、鍛えた能力を試すとしますか）

そして、伯爵家の子供にしては粗末《そまつ》な服しかないクローゼットから選ばれたものに着替える。

粗末とはいえ前世では着たことのない貴族が着る服なので、ナタリーに着替えさせてもらう。

すると、短期間で筋肉が付き男らしくなったアレクの体を目の当《ま》《あ》たりにして、ナタリーは顔を赤くしてしまった。

「ナタリー、着替えありがとう……どうした？　顔が真っ赤だけど、体調でも悪いのか？」

ナタリーは、十四歳の時にアレクの専属使用人になり、今や二十四歳。栗毛のボブカットで可愛い顔立ちのため、男性から告白されることはあったが、アレクに仕えることを第一に考えていたため、恋愛の経験はなく男性経験もない。

そんなナタリーは、初めて男性らしい体を見て興奮してしまっていた。どうにか赤くなった顔を隠そうと必死になるナタリー。

「え、え、えっと……大丈夫です！　暑いからですかね⁉　本当に大丈夫ですから、気にしないでください」

焦るナタリーを見て、アレクはこれ以上ツッコまないことにした。

「そ、そうか。まぁ無理はするなよ。じゃあ、戦場に行くとするか」

ナタリーはその声でハッとなり、急いでドアを開ける。

アレクはゆっくり歩き、優雅《ゆうが》に廊下を闊歩《かっぽ》する。


アレクとナタリーは、今本館へと足を踏み入れた。

「アレク様、ここより先は旦那様と奥様、それにヨウス様と使用人がおります。本当に行かれるのですか？」

「気にすることはない。父がおかしいだけで、俺はれっきとした伯爵家次男だぞ。さぁ行こうじゃないか」

粗末な作りの別館とは違い、綺麗できらびやかな廊下に、趣味《しゅみ》の悪い高そうな壺《つぼ》や絵画が飾《かざ》られている。

使用人はアレクに気付くと思わず二度見をして、何故いるのかという表情をする。

使用人も綺麗なメイド服を着ており、ナタリーとは大違いであった。それを見てアレクは、ナタリーをいつか幸せにしたいと思うのであった。

「無駄に金をかけてるな……」

アレクはワザと周りに聞こえる声でそう言いながら歩く。すると父の犬でもある筆頭執事のチェスターが前からやってきた。

「何故お前が本館にいる？　お前のようなやつが入っていい場所ではない！」

見下したように、ニヤニヤしながら話すチェスター。

「ほう、妾の子だからといってそんな口を利いてもいいのか？　俺は伯爵家の息子だ！　まだ除籍《じょせき》された覚えはないんだが、よくそんなことが言えるな！　お仕置きをしてやるよ。よく俺にしたもんな、罵倒しながら殴る蹴る、それに……つい最近のお返しもさせてもらおう」

アレクはそう言って、子供とは思えない素早い動きでチェスターの腹を殴る。その衝撃で吹っ飛び、気絶するチェスター。

何故、アレクが大人を吹き飛ばして気絶させるほどのパンチを撃てたのか。

それは筋トレにより筋力がアップしたからだけではなく、『武功《ぶこう》』によるものであった。

武功とは、アレクが十日間鍛えている間に見つけた異世界の技である。

薬の閲覧《えつらん》を続けていく中で、『武功習得薬《ぶこうしゅうとくやく》』なる薬を見つけたアレクは、その説明を読み「これは使えるぞ」と考えた。

武功は、『気』を巡らせて体を強化する技で、アレクは筋トレと並行して『武功習得薬』を飲んで、体内に武功の元になる気を誕生させて訓練を積んでいたのだ。アレクが身に付けたのはレベル1の武功であったが、それでも大の大人を吹き飛ばすには充分だった。

「弱いな。一発で気絶したのか……なら起こして続きをするかね」

そう言いながら、チェスターのもとに歩き出す。

ありえない光景に、ナタリーは口を大きく開けてポカーンと呆気《あっけ》に取られている。

さらに、周りのメイドも同じ表情で見ていた。

しかし数秒後、ようやく何が起きたのか理解したのか、「キャー!!」と悲鳴を上げた。

「うるさいな、黙れよ！　チェスターが俺を殴っていた時は笑って見ていただろ？　何故怯《おび》える!?」

アレクは人が変わったようにそう毒づくと、チェスターに近づきながらその大声で叫んだメイドに向かって言う。メイドは恐怖からへたり込んでしまった。

「ほらチェスター、起きろよ！　寝るにはまだ早いじゃないか」

アレクはチェスターにされたように、バチーンバチーンバチーンと両頬を平手打ちする。

だが、完全に伸びてしまったチェスターが目を覚ますことはなかった。

「貴様、何をやっている！　貴様が来ていい場所ではないぞ！　薄汚い妾の子が！」

そこに、ヨウスがやってきた。

アレクは、あ～また面倒なのが来たなと思う。それに、チェスターにしろヨウスにしろ、第一声は「妾の子」。まるで同じことしか言えないロボットだ、と考えうんざりした。

「ヨウス、何を言っているんだ？　俺は伯爵家の息子なんだから、いても普通だよな？　それにチェスターは俺を罵倒した。だから、ヨウスやチェスターが俺にするように罰《ばつ》を与えたんだ。何か間違っているかい？　兄さん？」

少し口調を変えて、最後にはワザと兄さんと呼び、ニヤリと笑うアレク。

それを聞いて怒りが頂点に達したヨウスは、アレクに殴りかかる。

アレクは、沸点《ふってん》の低いやつらだなぁと思いながら軽く避けてヨウスの腹を殴り、また吹き飛ばす。

「はぁ～弱い……って、少しやりすぎたかな？」

アレクの元の体の持ち主の恨みもプラスした勢いで蹴ったため、吹き飛んだヨウスはドアをぶち破って気絶してしまった。

メイドの悲鳴とドアがぶち破られた音を聞いて、父と義母が走ってくる。

「こ、これは、どういうことだ！　誰か説明しろ！」

慌てた様子で、何があったか聞くディラン。

「コイツが……」

アレクを指差しながら、使用人が言う。アレクは、よく主人の前で、息子をコイツ扱いできるな……と思う。

「これは、お前がやったのか⁉　それに、何故ここにいる！　答えよ！」

ディランはアレクを睨みつけながら問いただす。アミーヤはヨウスに駆け寄り、その酷い有様《ありさま》に泣き叫んでいた。

「父上、私は妾の子ではありますが、除籍されていないので、伯爵家令息です。何故ここにいてはいけないのですか？　チェスターは伯爵家の令息である私を馬鹿にする発言をしたり、日頃から私に暴力を与えたりしてきました。ですので、罰を与えたのです。兄上は、そうした現状を説明すると殴りかかってきたので、返り討ちにしたまでのこと。正当防衛《せいとうぼうえい》です」

アレクは敬語を使い、一から十までしっかり説明する。

それを聞いたディランは歯を食いしばりながら、なんとも言えない表情をした。まさか、気弱で非力なアレクが、このような物言いをしたうえ、二人を気絶させてしまうとは思っていなかったのだ。

「くっ……とりあえず、アレクは自室へ戻り謹慎《きんしん》だ！　私が呼ぶまで部屋から出ることは許さん！　それから使用人達は、すぐに回復ポーションと、回復魔法を使える者の手配をしろ！　ヨウスとチェスターを寝室まで運ぶのだ！」

アレクはもう十分かと思い、そのまま別館に戻るのであった。

◆　◇　◆

ディランから謹慎を言い渡されたアレクは、武功の訓練と、どんな薬が作れるのかを確認していた。

「『武功レベル2突破薬《とっぱやく》』……レベル1でもあんなに強かったものをレベル2にするなんて、凄そうな薬だけど、薬で無理矢理レベル上げして大丈夫なのだろうか……でも、もしここから力ずくで逃げ出さないといけない事態になれば、騎士やグレッグ団長に勝たないといけないしな。作って飲んでみるか」

「〈全知全能薬学〉」

タッチパネルで『武功レベル2突破薬』を選択すると、効果と必要素材が表示される。

必要素材は、『マッドパンダの乾燥《かんそう》させた肝臓《かんぞう》』と『功雷人参《こうらいにんじん》』と『精製水《せいせいすい》』である。

「〈薬素材創造〉」

すぐに〈薬素材創造〉で必要素材を出し、ナタリーに用意してもらっておいた器へ置く。

「〈調合〉」

素材が光ったと思ったら、次の瞬間にはぶくぶく泡を立てた真っ赤な液体が完成していた。

「これを飲むのは勇気がいるぞ。でも、ここから抜け出すためなら仕方ないよな」

そう言って、一気にそれを飲み干すアレク。味はとにかく苦い。この世の物とは思えないほどの苦さだ。

「うぇ～不味《まず》い。ってなんか体が熱くなってきたような……？　……ぐぁぁぁぁ!?　体が焼ける……ぐぁぁぁぁ……」

アレクは体にマグマを流し込まれたかのような感覚に陥《おちい》り、耐えきれずのたうち回る。

そして、意識が途絶えて気絶してしまった。

「うっ……ぷはぁ～、はぁはぁはぁ……」

数時間、意識を失っていたアレクは目を覚ました。

薬を飲んだ時の衝撃を思い出し、自然と呼吸が荒くなってしまう。

「あれは、二度と飲まないぞ。次飲んだら死ぬような気がする。それはそうと、あんな辛い思いをしたんだから、武功レベルは上がっているんだよな……？〈ステータス〉！」

名　前：アレク・フォン・バーナード（伯爵家次男）
年　齢：十歳
種　族：人間
Ｈ　Ｐ：２００　Ｍ　Ｐ：10
攻撃力：２００　防御力：２００
素早さ：２００　精神力：２００
スキル：全知全能薬学　調合（ＥＸ）　薬素材創造（ＥＸ）　診断　鑑定
魔　法：なし（四大属性の素質あり）
武　功：レベル2

「よっしゃあ！　死にそうになった甲斐《かい》があったな。でもこれ以上は何故か成長できないし、戦いに役立ちそうな薬と、回復ポーションを探してみようかな」

これ以上ステータスの成長が見込めないと判断したアレクは、〈全知全能薬学〉で役立ちそうな薬を閲覧することにしたのだった。

◆　◇　◆

『武功レベル２突破薬』を飲み倒れた日から、アレクは自室で薬のレシピを閲覧するだけに留めていた。

何故薬を作らないかというと、先日の件でアレクに対し憎しみを抱いているであろうチェスターやヨウスがいきなりやってきかねないからである。

「ナタリー、暇《ひま》で暇で仕方ないんだけど……」

アレクは自室の床に寝転がりながら言う。

「アレク様、床に寝るなんてはしたないですよ。それに、あんなことしたら謹慎になるのは当たり前です！　それ以前に、私はアレク様があんなに強い理由を知りたいですけれどね」

今日で謹慎は二週間を迎えていた。いつも通り身の回りの世話はナタリーに任せており、薬を閲覧するのに飽きた際は、話し相手になってもらっている。そのおかげかナタリーとも少し打ち解けて、前よりも砕けた感じで話すようになっていた。

「だって、仕方ないだろ。あんな態度をされたら許せないよ。そろそろ呼び出しに来ないかな？多分アミーヤがずっと怒っていて、俺の処遇《しょぐう》について揉めているんだろうな」

アレクは焦る様子もなく、のんびりした雰囲気で話す。ナタリーはそれを見て、やれやれと呆れる。

「確かにアレク様に対するあの態度は許せませんが、やりすぎです。それから、いくら酷くても母親なのですから、呼び捨てにしてはいけませんよ」

ナタリーの忠告に対し、やりすぎなのか？　と疑問に思ってしまうアレク。

母親と言われても、元々の体の持ち主からしても義母だし、あまり家族の絆《きずな》といったものは感じないのだ。

だが、世間一般的にはナタリーの言うことが正しいので、素直に謝る。

「ナタリーが正しいよ。迷惑かけてごめんな。でも、俺は悪いとは一切思えないんだよ。こんな風に育ってごめん……」

ナタリーはアレクに頭を下げさせてしまったことに、慌てて口を開いた。

「アレク様、今すぐ頭をお上げください！　私のような者に頭を下げてはいけません」

そのようなやり取りをしていると、ドアが開く。

そこには、先日殴り飛ばした執事のチェスターがいた。

「旦那様がお呼びだ！　すぐに行け！」

ノックもせずに急にドアを開け、さらには執事とは思えないような言葉遣いをするチェスターに、アレクは苛立ちを覚えた。

「筆頭執事がこれだから、使用人も常識がないんだな。ノックも、ちゃんとした言葉遣いすらもできないとは終わっているよ。えっと……父上にはすぐに向かうと伝えといて、筆頭執事様」

アレクは嫌味を平然とした口振りで伝える。

それを聞いたチェスターは、歯を食いしばりながら「うぅ～」という声を上げ、悔しげな表情を浮かべる。

「貴様‼　言わせておけば……まぁいい。旦那様に呼ばれた時点で貴様の終わりは見えているからな。精々今のうちに粋《いき》がるがいい」

ワッハッハッハッと悪役のような笑い声を出しながら去っていくチェスター。

「ナタリー、よく我慢したな。ナタリーはここで俺の帰りを待っていてくれ。俺は父上の所に行ってくる」

ナタリーは悔しさから、下を向いたまま拳《こぶし》を強く握って震えている。

何があっても口を出さないように、事前にナタリーへ言い聞かせていたのだ。

「アレク様、私が無力なばかりに申し訳ございません……必ず、必ず、ここに戻ってくると約束してください！　お願いします！」

アレクにすがるように言ってくるナタリー。

そんなナタリーを安心させるように、アレクは彼女の頭を撫でる。

「ナタリーには感謝しているよ……ここまで生きてこられたのはナタリーのおかげだ！　無力なんてことはない。それに、必ず戻ってくるさ」

体の元の持ち主であるアレクが本当にナタリーに感謝していることを感じ取ったためか、自然とそんな言葉が出た。

「じゃあ、行ってくるから。戻るのを待っていて」

吹っ切れた笑顔で「はい！」と元気よく返事をするナタリーに見送られ、アレクは部屋を出るのであった。


アレクがディランの部屋に向かうまでの間、使用人とすれ違う。あの惨状を目の当たりにした者は頭を下げて逃げるように去り、知らない者は何故お前がここにいるんだという顔でアレクを睨みつけた。

アレクはそんなものどこ吹く風と無視をして本館を進み、ディランの部屋にたどり着いた。

そしてトントントンとドアをノックする。

「アレクです。父上がお呼びとのことでまいりました」

「入りなさい」

扉の向こうからディランの声が聞こえた。

入ってこい！　くらいの強い口調で言われると思っていたアレクは拍子抜けする。

（これはちょっとどういう展開になるか読めないぞ……）

そう思いながら部屋の中に入るアレク。

そこには立派な机と椅子《いす》があり、ディランは椅子に深く腰をかけていた。アレクは黙ったまま、ディランの顔をじっと見る。

するとディランは座ったまま話し始めた。

「ふぅ……まずは、お前が今回しでかしたことについてだ。ことによっては一生牢《ろう》で過ごしてもらう事態もありえただろう。アミーヤは、お前を八《や》つ裂《ざ》きにして殺してくれと訴えていた。俺も、大事な息子をあのようにされたのだ、今すぐにでもお前を殺したい！」

そこまで言うと、ディランは一度深呼吸する。そうして少しすると気持ちが落ち着いたのか、再び口を開いた。

「だが、上級貴族は体面《たいめん》を保たなければならない。遺憾《いかん》だが、お前を殺すことができないんだ。そこで、お前を除籍扱いにし、放逐《ほうちく》することにした。国からは受理されているから、明日には出ていってもらう！　いいな⁉」

まさか、こんなに早く放逐されるとは思ってもいなかったアレクは内心喜ぶ。

（それにしても、俺も息子なはずなのに随分簡単に放逐するんだな……）

そう思いつつも、口には出さないアレク。

「はい！　バーナード伯爵様、寛大《かんだい》な心遣いに感謝いたします。それと、ナタリーを一緒に連れて行きたいのですが、よろしいでしょうか？」

もう除籍されてこの家の者ではないらしいので、アレクは『父上』ではなく『バーナード伯爵様』と呼んだ。

「ナタリー？　ああ、専属にしたあのメイドか。いても邪魔なだけだ、好きにすればいい……最後に聞くが、どのようにして力を手に入れた？」

ナタリーを邪魔者扱いしたのを聞いて、本当にクソな父親だったんだなと怒りで震えそうになるが、無理矢理感情を押し殺す。

「そうですか……それでは、遠慮なく連れて行きますが……力ですか？　チェスターとヨウス様が貧弱だっただけでしょう？　私が魔法も剣術の才もスキルすらないのは、バーナード伯爵様が一番ご存知ではないですか？」

アレクの丁寧でありながら挑発するような言葉遣いに、ディランは声を失う。

「では、出立の準備をしますので、私はこれで失礼いたします」

ディランが何か言いかけるが、アレクは聞かずに出ていく。

残されたディランは怒りの表情を浮かべると、血が滲《にじ》むほど拳を握りしめ、机に叩きつける。

「クソ！　あの能無しが……！　大人しくしていればいいものを……甘くしていればつけ上がりやがって！　はぁはぁはぁ……サイモンはいるか？」

ディランがそう口にすると、どこからともなく人影がスーッと現れ、ディランの椅子の横に位置取った。

「ハッ！　ここにおります」

サイモンと呼ばれた人影が、片膝を突いて返事をする。

「明日、あいつが出立する。領地から離れた所で野盗の仕業《しわざ》に見せかけて殺せ!!　いいな!?　お前の部下を数人送り込めば済むだろう」

ニヤニヤと不敵な笑みを浮かべながら話すディラン。

「かしこまりました。確実に仕留めるよう命令してまいります。では、失礼します」

そう言うと、サイモンはまたどこかへ消えてしまった。

「これでアイツも終わりだ……ククク……ハーッハッハ……」

ディラン一人となった部屋で、笑い声が響き渡るのであった。

◆ ◇ ◆

次の日、アレクが部屋で荷物をまとめていると、ディランがやってきた。

「私からの餞別《せんべつ》だ！　これでせいぜい慎ましく暮らすんだな。それと、伯爵家の領地を通るのだ、そんな粗末な服など着てもらっては困る。この服を着て出ていけ！」

ドアの前から、金の入った袋と高そうな服を放り投げるディラン。

「屋敷の入り口に馬車も一台用意してやった。ありがたく思うんだな。メイド、お前のメイド服もこれに着替えろ！　みすぼらしくて見てられん！」

続けてそう言うと、ディランはアレクが話す前に去っていった。

アレクは違和感を覚えていた。

除籍した次男に、何故こんな高級そうな服を渡すのだろうと。

実はディランの狙いは、盗賊に襲《おそ》われたように見せかけやすくするものだった。高級な馬車に金を持っていそうに見える服を着ていれば金目当ての犯行だと思われやすくなる、と考えたのだ。

あとは、死んだと知らせがきた時に、みすぼらしい服に徒歩で移動していたとなると体面が悪くなる。除籍した妾の子にも、高級な服や馬車を与える優しい父を演じるため、アレクやナタリーの服を用意したのだった。

「ナタリー、御者《ぎょしゃ》はできるか？　俺は、馬にすら乗ったことがないが」

アレクはナタリーを不安にさせないように、ディランの対応に覚えた違和感は話さないことにしつつ、そう尋ねた。

「はい！　経験はありますので、お任せください」

意気込んでやる気を見せるナタリー。

「頼んだ。じゃあ着替えたら、外で待ち合わせだ。馬車を用意してくれたみたいだしな」

アレクがそう言うと、ナタリーはメイド服を着替えるために自室に戻った。


アレクは、ナタリーより先に着替えて玄関へと向かう。

すると玄関にはニヤニヤしたヨウスと、怒りに満ちた表情のアミーヤがいた。

「やっと貴様と縁が切れると思うとせいせいする。おもちゃがいなくなるのは残念ではあるがな」

つい先日殴り飛ばされたのは幻《まぼろし》だったかのようになかったことにして話すヨウスにアレクは思わず笑ってしまう。

「アハハハ!!　ヨウス様、ユーモアがおありのようで。先日、私に殴り飛ばされたのをお忘れになられたのですか？　それなのにおもちゃとは……アハハハ」

目尻に涙を浮かべながら大笑いするアレクに、ヨウスは歯をぎりぎりと鳴らして怒りをあらわにする。

「き、貴様！　俺が気を抜いたところを殴っただけで、いい気になりやがって！　今ここで殺してやる」

一歩踏み出そうとしたヨウスだったが、アミーヤが止める。

「おやめなさい！　嫡男がみっともないですわ。妾の子のように野蛮《やばん》になってはいけませんよ。妾の子、もう会うことはないでしょうが、誰に歯向かったのか後悔しながら死ぬといいわ」

アレクはバカなのかと思ってしまった。

これでは、お前を殺すと宣言しているようなものである。

なんとなく伯爵家の狙いがわかってきたアレクは、アミーヤに向き直り、頭を下げてこう言った。

「アミーヤ様、ヨウス様をお止めいただき感謝いたします。まだ十歳ですので、精々足掻《あが》いて生きていきたいと思います。アミーヤ様こそ、心労からかシワが増えたように感じますので、あまり悩まれない日々を過ごせるよう願っています」

それを聞いたアミーヤは、般若《はんにゃ》のような顔になった。

「ぐっ……！　絶対に後悔させてやりますわ。行きますわよヨウス！　この顔を見ているだけで、吐き気がしますわ」

アミーヤはとても伯爵夫人には見えない乱暴な歩き方で去っていき、ヨウスは「お母様、お待ちください」などと言ってそのあとを追いかける。

そこに、ナタリーがやってきた。

「遅れて申し訳ございません……ってアレク様、私が来る前に、何かございましたか？」

怖い笑みを浮かべるアレクを見て首を傾げるナタリー。

ナタリーが来たことに気付いたアレクは、普段の優しい笑顔にスッと戻る。

「なんでもないよ。すぐに出発しよう。さっき羽虫が二匹、俺にちょっかいを出してきたから鬱陶《うっとう》しいなって思っていただけだ」

その言葉で何があったかを理解し、これ以上思い出させるのも悪いと思ったナタリーは、すぐ馬車へと向かう。

「アレク様、足元に気を付けてお乗りください。それと、どこに向かわれるのですか？」

アレクには事前に考えている場所があった。

記憶を探って当たりを付けたその場所は、王族派閥《はばつ》のヴェルトロ子爵《ししゃく》領だ。国王と古くからの知り合いである子爵は、この国の政界で国王を補佐している。

伯爵家からだと、馬車で一週間ほどかかる。

年老いた子爵夫妻が治める子爵領は比較的穏やかな場所なので、生活するにはちょうどいいと感じていた。

「ヴェルトロ子爵領に向かう。馬が疲れたら教えてくれ」

アレクは、馬が疲れたら最高級の回復ポーションを飲ませるつもりでいる。

本来なら『持久力増強薬』なども飲ませたいが、伯爵領では誰に見られているかわからないので、下手なことはしないのが得策だ。

「はい！　では、出発いたしますので、アレク様は疲れたら寝ていてくださいね」

ナタリーのその言葉に頷きながら、メイドと十歳の少年だけのこの状況、「襲ってください」と言わんばかりのシチュエーションだと思うアレク。

そして、いつ仕掛けてくるんだと考え、ニヤリと笑うのであった。

第二章　刺客と新天地への道中

アレクが伯爵家から放逐されて三日ほど経った。

アレクとナタリーの乗った馬車は、ガタンゴトンと子爵領への道を突き進んでいた。

多少高級な馬車でも、サスペンションなどは付いていないため、振動が伝わる。

「ケツが痛いな……ドワーフの国も存在するみたいだし、いつか馬車の改良を頼めないかな。『武器しか作らん！』とか怒られそうだけど……アハハハ」

アレクはせっかく異世界に来たのだから色んな種族と交流したいと思っていた。

それはそうと、アレクの予想に反して、一向に伯爵家からの刺客が襲ってくる気配はない。

昨日も、伯爵領にある村の村長宅で一泊させてもらったが、特に何もなかった。

それよりも大きな問題は、アレクの所持金である。

ディランから渡された金以外には何も持っていなかったアレクは、一昨日《おととい》ついにそれを使い果たし、ナタリーに食事代などを立て替えてもらっていた。

「ナタリー、昨日からお金借りてごめんな……それにしても、他のメイドの三分の一の給金だったとは……そんな中、仕え続けてくれてありがとうな。絶対返すし、払われなかった給金も払うから。本当にごめん」

道中ナタリーとちゃんと話す機会があり、アレクだけでなくナタリーも辛い境遇に置かれていたということを知った。それで、絶対に恩返しをしないといけないなと思ったのだ。

「アレク様、私がしたいからやっていることですので、気にしないでください……そろそろ伯爵領を抜けます。ここから街道沿いに馬を走らせますが、何があるかわかりませんので、お気を付けてください」

ナタリーはこれまでの事情を話した際、アレクの実の母親ソフィーから生前、アレクのことを頼まれていたことを語った。

（ここまで面倒を見てくれるとは、相当な恩を受けたに違いないな……）

何故ソフィーが亡くなったのか、どのような恩を受けたのか、ナタリーは話さなかったが、アレクも無理に聞き出そうとはしなかった。

「じゃあ、俺も勝手にナタリーに恩返しをするよ。それにしても、もう伯爵領を抜けるのか。やっと、自由に暮らしていけるんだな」

そのまましばらくガタゴトと揺られながら、街道をひた走る。

その間、アレクは昨日泊まった村で購入した低級ポーションを飲み干したあとの空瓶に、エクストラポーションを作って入れる。腕が取れてもくっつけることのできる、最高級ポーションだ。

あとは、戦闘に役立ちそうな、そのままでは毒となる素材も創造して瓶に詰め込む。

それはバジリスクの牙から採れる毒液なのだが、アレクは、こんな危険なもの簡単に創造できるなよ……と思う。

そうしていると、急に馬車が止まる。

馬車の目の前に、黒ずくめの二人組が現れたのだ。

「なんですか？　あなた達は!?」

急に目の前に現れた黒ずくめの二人組を問いただす御者席のナタリー。

「お前達には悪いが、ここで死んでもらう」

二人組の片割れがそう言い、戦闘の構えを取る。一人は素手、一人は刀を持っていた。

声を聞いた荷車にいるアレクは、「ついに刺客が来たか……」と呟く。

てっきり闇夜に紛れて襲撃してくると思っていたので、こうも堂々と姿を現して拍子抜けもしていた。

(十歳の少年とメイドということで、相当舐《な》められているんだな……そうだ！)

アレクは瞬時に作戦を立て、鞄の中から薬の入った小瓶を二つ取り出す。そうして手の中に隠してから荷車から出てナタリーの横へ行くと、口を開いた。

「父上が、殺し屋を送ったのですね。お願いがあります。怖いので苦しくないように殺してもらうことはできますか？」

アレクは同情を誘うような声色で、バーナード伯爵のことを『父上』と呼び、不幸な貴族の息子を演じる。うまく引っかかってくれれば御《おん》の字だ。

「ふん、同情はしてやるよ」

アレクの言葉を受けて、刺客が二人とも警戒を少し解く。アレクはその隙《すき》を逃さなかった。

アレクは取り出していた二本の瓶の中の薬を飲み干してから、素手の刺客の前に高速で移動する。

「お望み通り苦しまないように殺そう――ぐわぁ！　ぎゃぁぁぁぁ！」

そして、先ほど創造したバジリスクの毒が入った瓶を鞄から取り出して投げつけ、怯《ひる》んでいる隙に最大の力で殴る。アレクの拳を喰らった刺客は、簡単に気絶してしまった。

「クソ！　この野郎ぉぉ！」

もう一人の刺客が斬りかかってくるが、アレクは全て躱《かわ》しながら、隙を探る。

相手が剣を振りかざしたところに、アレクはバジリスクの毒の瓶を投げ付けるが、剣で弾かれてしまった。

しかしその隙に、脇腹に蹴りを入れることに成功する。そして蹴りの衝撃で、刺客の意識は飛んだ。

アレクは刺客が落とした剣を拾い上げて、気絶している刺客二人の胸に剣を刺す。

こうしてアレクと刺客の戦いは、アレクの勝利で決着した。

アレクは前世で感じたことのない人を刺す感覚に気持ち悪さを覚える。そして、もうこんなことはしたくないと思いながら、ナタリーがいる馬車へと歩き始めた。

だが、アレクは苦しい表情でその場に倒れ込む。

「も、もうダメだ……はぁはぁはぁ……思ったより痛いなぁ。全く動けない……ナタリー！　俺の鞄に入ってる赤いポーションを飲ませてくれないか？」

油断していたとはいえ、格上の相手に何故勝てたのか。

それはアレクがこっそり飲んだ薬に秘密があった。

アレクが戦闘前に飲んだのは、五分間だけ数十倍にも能力を上げる『攻撃力向上薬』と『素早さ向上薬』。その薬の力で大人二人を翻弄《ほんろう》したのである。

だが、この二つの薬にはデメリットもある。効果が切れると副作用で筋肉に激痛が走り動けなくなるのだ。

アレクに声をかけられたナタリーは恐怖のあまり心ここにあらずという感じで、ぼぉーっとして上《うわ》の空状態であった。

アレクは痛みに耐えながら、必死にナタリーに呼びかける。

「ナタリー!! ナタリーさーん!? おーい!? 助けてくれませんか～！」

それを聞いて、ハッとなるナタリー。

彼女はすぐにアレクに駆け寄って、地面に這いつくばるアレクを揺らして問いただす。

「ア、アレク様！ アレク様！ あれはなんですか!! なんでそんなにお強いのですか!? そ、それに!! ア、アレグざま～～」

パニックになりながらも、恐怖から解放されたナタリーは急に泣き出す。

「いでぇぇぇ！ はぁはぁはぁ……ナタリー、全身がバキバキで死にそうなんだ……揺らさないで、鞄の中にある赤いポーションを飲ませて……お願い！ 本当に死ぬ……」

アレクは激痛に耐えながら、ナタリーの頭に手を伸ばして撫でる。

「あ！ ごめんなさい！ これですね。口を開けてください」

ナタリーはようやく落ち着き、アレクの言う通りに鞄から低級ポーションの空瓶に入った、赤いポーションを取り出した。それは、アレクが作ったエクストラポーションだった。

ゆっくりとエクストラポーションを飲み干すアレク。

するとすぐに体が動くようになり、アレクは起き上がって礼を言う。

「ナタリー、助かったよ。ありがとうな。俺の強さとか、色々説明はしたいけど、アイツらの持ち物を漁《あさ》ったら、すぐここから離れるぞ。誰か来たら、俺達は殺人犯になるからな」

アレクが刺客の懐をまさぐると、金貨三枚とアレクとナタリーの似顔絵が描かれた紙が出てきた。

金貨は一枚で前世での約一万円に相当し、この世界の庶民の平均月収は金貨にして二十枚だ。金貨三枚であれば数日は過ごせそうだと判断したアレクは、すぐにそれを自分の懐にしまい込んだ。

「こいつらはこのままにして、先を急ぐぞ！」

ナタリーは、アレクにそう言われて、すぐに馬を走らせてその場を離れる。

(今回は、油断した相手だったからよかったが、あれ以上の実力の持ち主か、スキルや魔法を多用する敵なら、勝てるかわからないな……)

アレクは馬車に揺られながら、どうしたものかと考えるのであった。

◆　◇　◆

あれから、馬に『持久力増強薬』と『自動回復薬』を飲ませて、普通だと一日半かかるところを、半日くらいで次の村に着いた。ここが子爵領に行く道中で通る最後の村だ。

暗くなってきたこともあり、流石《さすが》に刺客も追ってはこられないと判断したアレクは、その村で一泊することにした。

入り口には自警団が配置されており、アレク達に気付いたそのうちの一人が、ぶっきらぼうに話しかけてくる。ちなみに今はアレクは御者席にナタリーと並んで座っていた。

「この村になんの用だ？」

ディランに渡された価値の高い服から、自室のクローゼットから持ち出したグレードの落ちた服に着替えていたので、自警団の荒い言葉遣いも仕方ないと思うアレク。

「旅の者なのですが、宿があれば泊まりたいと思い、立ち寄らせていただきました」

自警団の男に、ナタリーが応対する。

十歳の子供が答えるより、ナタリーが答えた方が自然なので、アレクは道中の受け答えをナタリーに全て任せていた。

「う～む、見たところ不審な点もないようだな。宿は建物を四つ行った先を左に曲がると、すぐ見えるはずだ。ちなみに、ホロホロ鳥の香草焼きが名物だから食ってみてくれよ」

自警団員は、ゴツくてイカついおっさんなのだが、メイド服から普通の服に着替えたナタリーと子供ということで姉弟か親子と思ったらしく、親切に答えてくれた。

アレクが「ありがとう」と言うと、自警団のおじさんも笑顔で「ゆっくりしていきな」と返す。

（見た目によらずいいおじさんだな）

村の中は人の往来が多く、村の中は活気があり、村人だけでなく冒険者や商人などもいる。

アレクがそれを目で追っていると、馬車が止まった。宿に着いたのだ。

「空室があるか聞いてまいりますので、馬車でお待ちください」

そう言うとナタリーは宿の中に入っていき、しばらくして戻ってきた。

ナタリーによると、空き部屋はあり、馬車は裏手にある馬小屋に馬と一緒に置けばいいらしい。

馬小屋があるとは、しっかりした宿のようだと感心するアレク。

馬小屋に着いて馬を休ませる際、アレクはちゃっかり馬の水にエクストラポーションを混ぜてみた。そのおかげかは分からないが、馬が最初より顔を擦り付けてくるようになった。

馬の対応を終え、二人で宿の受付に行くと女将《おかみ》らしき人がいた。

その人はアレクとナタリーを見るなり口を開く。

「二階に上がって三と四と書かれた所がアンタらの部屋だよ。食事はいつでもできるから下りてきて頼んどくれ。あと、風呂はないから、体はこのお湯とタオルで綺麗にしてくれるかな」

すでに冒険者や旅人などで食堂は盛り上がっていた。

アレクとナタリーはそれぞれの部屋に向かい、受け取ったお湯とタオルで体を拭いてから食事に行くことにした。

アレクが体を綺麗にし終わり、着替えもそろそろ終わるかというタイミングで、部屋のドアをトントントンとノックされた。

「アレク様、お待たせいたしました。お着替えはお済みでしょうか？」

アレクは「今行く～」と返事をして、ナタリーと食堂に向かう。

食堂に着いて席に座ると、すぐ給仕の女の子が注文を聞きに来る。

「お食事は何にしますか？」

アレクはおじさんから教えてもらった香草焼きを頼もうと決めた。

「ホロホロ鳥の香草焼きと、パンと果実水を二つずつお願い」

アレクもナタリーも、食堂に漂ういい香りで、お腹がグゥグゥと鳴っていた。

「ありがとうございます！　二つで銀貨二枚です」

銀貨は、金貨の十分の一の価値——一枚で前世で言う千円ほどになる。

「はい。銀貨二枚ともう一枚は、お駄賃《だちん》として取っておいて。それにしても安いね!?」

アレクはそう言って女の子に代金を払い、さらに銀貨を一枚渡す。女の子はすぐにポケットにしまって笑顔になった。

「ありがとうございます！　ホロホロ鳥はこの村の名産で、他の地域より三倍以上は獲《と》れるから安いのですよ。では、少々お待ちくださいね」

そう言って、女の子はキッチンの方へ下がっていく。

しばらくして、香草焼きとパンと果実水が運ばれてくる。ハーブと鳥のいい香りが食欲をそそる。

パンは前世で言うフランスパンに近いものだった。

「アレク様、ホロホロ鳥おいしいですよ！　噛《か》むと肉汁たっぷりで、ハーブの爽《さわ》やかな香りが鼻に抜けて、とてもおいしいです！　毎日食べたくなります！」

ナタリーがそこまで言う料理がどれほどのものかと、アレクもワクワクしながら食べ始める。

そして一口食べたアレクは思わず口を開く。

「ナタリーの言う通り美味いな！　本当にジューシーな肉で、パンとの相性も抜群《ばつぐん》だ。強いて言うなら、塩胡椒《しおこしょう》があればもっと美味いんだろうけど」

塩と胡椒は、この世界だと高級調味料だ。

「もう、アレク様、贅沢を言ってはいけませんよ。十分おいしいのですから」

頬を膨《ふく》らませて怒っているナタリー。そのしぐさが逆に可愛く見えてしまい、アレクは思わず笑ってしまう。そして、これから旅を続けていくうえで隠し事をし続けるのも良くないなとふと思い、唐突に告げる。

「アハハハ、ごめんごめん。そうだナタリー、もう伯爵領から出たし、そろそろ俺の秘密を伝えておきたいと思う。食べ終わったら俺の部屋に来てくれないか？」

それを聞いたナタリーは、気になっていたことを聞けるとあって、かなり速いスピードで食事を終わらせる。食事を終わらせた二人は、一緒にアレクの部屋に行くことにした。


部屋に戻ると、ナタリーは食後のお茶を淹《い》れる。

それが終わるなり、ナタリーは早速口を開く。

「アレク様！　気になって気になって仕方ありません。ご無礼を承知で申し上げます。どうしてそんなにお強くなったのですか？　性格がお変わりになったことと何か関係があるのですか？　ずっと知りたかったのです。早く教えてください！」

その勢いにアレクは圧倒される。

（十歳の少年が急にあれだけ強くなれば気になるのも仕方ないよな。でも、隠したくて隠してたわけじゃないんだよ！　伯爵家のクズ共から身を守るため、仕方なかったんだ！）

アレクは誰に言っているのかわからない言い訳を心の中でしたあと、神妙な面持ちで口を開いた。

「信じてはもらえないだろうけど、最後まで聞いてほしい。アレクは、ヨウスに殺されたんだ……」

そんな風にして彼は、体の元の持ち主のアレクが死んで、日本から神様によって連れてこられた渉の魂がアレクの肉体に宿ったこと、その際に授けられたスキルやスキルで作った薬によって肉体を強化したことなどを包み隠さず話した。

ナタリーは遮ることなく、真剣に最後まで話を聞いていた。

話し終わるとアレクは、ナタリーが用意していたお茶を飲み、口の渇《かわ》きを癒やす。信じられない話をしているので、緊張から口が乾いたのだ。

ナタリーはまだ黙ったままだ。何か言わないといけないなと思い、アレクが話そうとした時、ナタリーが口を開く。

「やっと、やっと。理解できました。にわかには信じ難《がた》い話ですが、アレク様の考え方や口調の変わりよう、それにあの強さ……本当は私、ずっと怖かったのです。何かに取《と》り憑《つ》かれて別人になられたのではないかと……ですが、つまり、私の知るアレク様は、亡くなったのですね……」

ナタリーは涙を流していた。

ナタリーが何を思っているかは、アレクにはわからない。ナタリーはそれ以降黙り込み、止まらない涙がポタリと垂れて床を濡らす。

アレクは黙るしかなかった。

どんな言葉をかけようとも、自分は本物のアレクでない。そもそも、どんな言葉をかければ良いのかすらわからない。そのまま静かな時間が流れていった。

しばらくしてナタリーが、ゆっくりと頭を下げ話し始める。

「申し訳ございません。もう大丈夫です。あなたを恨みそうになりました。心優しいアレク様を返してほしいって……でも恨むべきは、あなたではなくヨウス様、いえ、ヨウスと伯爵家なのだとわかりました……それにあなたは、見ず知らずの私を、酷い扱いをする伯爵家からこうやって連れ出してくれました。そのことは、感謝しています……今は、これ以上の言葉が出ません。では、明日またお迎えに上がりますね」

そう言って、ナタリーは部屋から出ていった。

その時、アレクは彼女の顔を見ることができなかった。わかってはいたが、改めて、アレクの体を奪ったことを再認識させられたからだ。

ナタリーにとってもアレクにとっても、その夜は忘れられない夜となったのであった。


翌朝。

アレクは昨夜、眠れない夜を過ごした。

ぼぉーっと宿の窓から外を眺《なが》めていると、ノックの音とともにナタリーの声がした。

「アレク様、起きていますか？」

いつもと変わらないナタリーの声と口調に、アレクは少し安堵する。

寝ていないせいか、少し疲れを感じたので、『朝から快調スッキリ薬』というネーミングセンスの欠片もないポーションを作り出して一気に飲む。

するとと頭がシャキッとし、脳が活動しているのを実感できた。

「今行くよ！」

そう言ってドアを開けると、ナタリーも目の下に隈が出来ていた。

あのようなことがあり、どう接していいのか、迷っていたアレクだったが、ナタリーから話しかけてくれた。

「おはようございます。アレク様。私はもう大丈夫ですので、そのような顔をしないでください。さぁ、朝食をいただきましょう」

その言葉に救われたような感じがして、笑顔で「うん。行こう」と自然と返すことができた。その一方で、アレクは内心、女性……というか、ナタリーは強いなとも思っていたが。

そのあと、朝食を食べ終えて、チェックアウトをして馬車に乗り込もうと宿から出る。

ナタリーの体調を心配したアレクは、先ほどの薬を渡す。

「ナタリー、昨日寝てないだろう？　これを飲んでみて」

『朝から快調スッキリ薬』を渡すアレク。

ナタリーはそれを迷いなく一気に飲み干す。

するとナタリーの目の下の隈はなくなり、血色も良くなった。

「なんですかこれ？　しんどかった体も、頭のぼぉーっとした感じも、一瞬でなくなったのですが……これが昨日言っていたスキルですか？　凄いです！」

ナタリーはアワアワしながら驚く。

アレクはいつもの可愛いナタリーになったなと満足する。

「凄いだろ！　俺も朝飲んで効果抜群で焦ったもん。名前がなぁ……『朝から快調スッキリ薬』じゃなければ、カッコいいんだけどね……アハハハ」

アレクも薬を飲んだことを聞いて、自分と同じで寝られなかったのかと思うナタリーだったが、薬の名前を聞いて思わず笑ってしまう。

「フフッ、なんですかその変な名前。もう、緊張していた自分が馬鹿みたいじゃないですか。さぁ行きますよ。アレク様」

何故か機嫌もよくなったナタリーを見て、アレクは結果オーライだったなと安堵する。

そのあとはこれまでのようにナタリーが御者となり、馬車を出発させた。

「アレク様、綺麗なお花畑ですね。伯爵領では見たことのない風景ですよ。税率の高い伯爵領では、民衆は生きるのに精いっぱいで、景観にこだわっている暇はありませんからね」

入る時もいた自警団のイカついおじさんと挨拶を交わして村を出て、今は、子爵領内を移動している。

伯爵家にいた時は部屋から出ることのなかったアレクにはわからないことではあるが、ナタリーの言う通り伯爵領は税率が高く、このような綺麗な風景は拝《おが》めない。

目の前の綺麗な景色から、子爵がいい領主なのが窺《うかが》える。ナタリーの言葉を受けて、アレクは本当に腐った父親だったなと感じるのであった。

「そうだなぁ。のどかで落ち着くし、活気があっていい土地だよ」

そんな話をしていると、街道がなくなり、森が見えてきた。

「ナタリー、魔物避けの薬を染み込ませた布を馬車につけるから、馬車を止めて。あと水にこれを混ぜて馬に飲ませてあげて」

森の中では、茂みに潜む魔物に襲われることが多々ある。そのためアレクは、魔物避けの薬を事前に作っておいたのだ。

「あの……馬が凄い勢いで飲んだあと、聞いたこともないご機嫌な鳴き声をしたのですが、どんな薬なのですか?」

ナタリーがアレクの指示通りに動いたあと、困惑しながら聞いてくる。

ヒヒーン!!　と頭を天高く掲げて一鳴きする馬。しかも、最初アレクに出会った時よりも毛並みもよくなっている。

「え?　エクストラポーションだけど。疲れがすぐ取れるし、長旅だから馬も大変だろうなって」

それを聞いたナタリーは、天を仰いで煩悶《はんもん》する。

「あなたは、何考えているの⁉　金貨……いや、白金貨数十枚近くするようなエクストラポーションを馬に与えるなんて……馬鹿なの？」

普段の上品なナタリーはどこへやら、挙げ句にアレクのことを馬鹿呼ばわりする。

「そこまで言わなくても……だっていくらでも作れちゃうんだもん。だからいいじゃん。馬も頑張っているしさ」

アレクは反省する素振りすら見せない。馬もまるでいいじゃんかと言うかのように鳴いた。

「はぁぁぁ。もう何も言いません……あ！　経済が混乱しちゃいますから、無闇《むやみ》に市場に流さないでくださいね」

アレクは「は〜い」と返事をする。

初めから高価なポーションを市場に流す気はなかった。流したが最後、製法を欲したどこかの悪い貴族に命を狙われたり監禁されたりすることは目に見えている。

そんなアレクだが、下級ポーションは売って生活費にはするつもりでいた。

働かずして金を儲《もう》ける。こんなうまい話はない。

ナタリーは少し呆れながら馬車を走らせ始める。魔物避けが効いているのか、魔物とは出会わず、馬車は順調に走っていくが――

しかし、そんな平穏もそう長くは続かなかった。

馬車の周りが騒がしくなり、魔物の雄叫《おたけ》びと人の声が響き渡る。

ナタリーは馬車を止め、アレクに報告する。

「アレク様、魔物が人を襲っています！」

アレクが外に出て確認すると、数人の兵士と十何体もいる魔物が戦っていた。

魔物は人型のオーガと呼ばれる種族で、魔物が圧倒している。

アレクが目を凝《こ》らすと、馬車の中には一人のおじいさんが乗っているのが見えた。

アレクは、攻撃力・防御力・素早さの強化薬と、全身の皮膚を硬くする『身体硬化薬《しんたいこうかやく》』を飲んで、全身に気を巡らせる。

「助けてくる！」

ナタリーは、「アレク様、危険です！」と止めたが、アレクは十歳にしてはありえないスピードで駆け出していった。

◆◇◆

ナタリーに「助けてくる」と告げたアレクは、そのままオーガが十何体もいる中に突っ込んでいった。

一体のオーガが馬車の扉をこじ開けているのが見えたので、アレクは武功の気を足に集中させて加速し、そのオーガの横腹に蹴りを入れる。

オーガは見事に吹っ飛び、木にぶつかりピクリとも動かなくなった。

「オーガはなかなか硬いな。これは、強化薬より向上薬にすべきだったかな……」

武功の力に加え、『攻撃力強化薬』と『身体硬化薬』を使っているにもかかわらず、蹴りを入れた感触がかなり硬かったことから、オーガの防御力に驚くアレク。普通の兵士なら負けて当たり前だ。

刺客を倒した時に使った、五分間の激痛と引き換えに能力を数十倍も引き上げる向上薬とは違い、この強化薬は数分程度しか能力は上昇しないが、リスクなく三十分間効果が得られる。

そのあとは、素早さに劣るオーガを、『素早さ強化薬』を飲んだアレクが翻弄するという展開が続いた。蹴りを何度も食らわせて、六体くらい吹き飛ばしたところで、アレクはエクストラポーションを飲んで回復する。

「はぁ、はぁ、はぁ……！　流石に疲れたな……ゴクゴクッ、ふう、生き返る……あっ痛たた！」

アレクは不意に後ろから頭を殴られ、声を上げる。

アレクを殴ったオーガはニヤリと笑ったが、その直後、オーガが吹き飛んだ。

「後ろからなんてズルいだろ！　正面から戦え！」

『身体硬化薬』を飲んでいるアレクには、オーガの拳といえどもそこまでのダメージではないため、瞬時に反撃に転じたアレクに蹴り飛ばされたのだ。

アレクはそのままの流れで、オーガが残り一体になるまであっという間に片付けてしまう。

すると、最後に残っていたオーガより一回り大きいオーガが、アレクの前に立ちはだかった。

「お前がこの群れのリーダーか？　色は違うし、デカいし、勝てるのかな？　調べてみるか、〈鑑定〉」

〈鑑定〉で確認したところ、スキルや魔法はないが、強化した今のアレクと同じくらいの攻撃力と防御力と素早さを持っていることが判明した。

アレクが確認をしていて油断したところに、オーガが先制の殴りを入れる。

その攻撃はアレクが思っていたよりも速く、避けきれなかったアレクの顔面をオーガの拳が捉える。

しかし、アレクも負けじと相手の腹を殴る。オーガはニヤリと笑い、効いていないぞという感じでアレクを見下ろす。

「魔物のクセに挑発するとは、いい度胸だな。その挑発乗ってやるよ！」

それから、殴る蹴るの応酬《おうしゅう》が続き、お互いがボロボロになる。

「はぁぁぁ……疲れた。正々堂々殴り合うつもりだったけど、や〜めた。ここで俺の傷が治ったらどんな顔するのかな？」

さっきまで正面から戦えと言っていたアレクはどこへやら。アレクはオーガの前でエクストラポーションを飲み、傷を癒す。

オーガは、一瞬にして傷が治ったアレクを見て呆然としてから、ヤケになったのか「グォォ〜」と雄叫びを上げて襲いかかる。

アレクは、続けて『攻撃力向上薬』を飲み、武功の気を拳に一点集中させて、オーガが拳を振り下ろすより早くオーガの腹に拳を撃ち込む。その拳はオーガの腹に風穴を開けた。

静寂がその場を包み、少ししてオーガが白目を剥《む》いてその場に倒れ込む。

「ふぅ、なんとかなったな。薬を飲みすぎてお腹がチャポチャポだ」

オーガの群れを倒しきったアレクは、一息ついてそう呟いた。

「アレク様～、大丈夫ですか？　お怪我はございませんか？」

戦闘が終わったことを察して、ナタリーがアレクのもとに駆け寄る。

アレクの服はボロボロで、上半身は半分以上が破れていて、下半身も短パンのような状態になっている。

「エクストラポーションで体の怪我は治ってるからだいじょう……ぐぁ！　ナタリー！　は、早く赤いポーションを飲ませて！」

五分経過して、アレクの全身に激痛が走り始める。

ナタリーは、急いでアレクにポーションを飲ませる。

「ごめんごめん。助かった。向上薬の副作用、今のところはエクストラポーションで解決しているけど、今後副作用が出ないようにしたいな……あ！　ナタリー、俺は大丈夫だから、馬車をこっちに動かしてきて。早く移動しないと、血の匂いを嗅ぎつけた魔物が寄ってくるかもしれないから」

「わかりました。すぐ移動させます。それから、もうあのような戦いはしないでください……心配で心配で……」

ナタリーは泣きそうな顔になりながら訴える。

「なるべく善処するよ。今回みたいに困っている人がいたら戦うけど、基本のんびり生きたいからね。無駄な戦いはしないさ。じゃあ馬車をよろしく。俺は、そっちの馬車にいるおじいさんと話してくるから」

それを聞いたナタリーは、「絶対ですからね。アレク様はまだ十歳なのですから」と言いながら馬車を取りに行った。

アレクは、オーガに襲われていた馬車のもとまで行き、中にいた老人に声をかける。

しかし反応がないので、扉を開けると……意識を失っているようだった。

「おじいさん？　生きてます？　戻ってきてくださ～い……反応がないな……少し叩いてみるか」

老人の頭を軽く平手打ちするアレク。老人はその衝撃で意識を取り戻す。

「痛たた……何をする、痛いじゃろうが！」

頭を押さえながらアレクを睨む老人。

「いやいや。おじいさんをずっと呼んでいたのに応えてくれないから、もしかしたら亡くなってしまったのかと……あ！　怪我はないですか？」

初対面の老人に、失礼なことを言うアレク。精神力２００は伊達《だて》ではない。

「死んどらんわい！　まだまだワシは元気じゃ！　それにしても随分と外が静かじゃが……どうなったのじゃ？」

「外のオーガは全て俺が倒しましたよ」

「なんと！　お主、強いのぅ。礼を言う、助かったわい」

老人は一瞬だけ顔を真っ赤にしたが、すぐ冷静になり、助けてもらったお礼をアレクに言う。

「ギリギリでしたけどね。もう少し早く来ていれば、兵士の方も救えたのですが……申し訳ございません」

申し訳なさそうな顔をするアレクに対して、老人は、気にすることはないという感じの笑顔を向ける。

「お主が気に病むことではない。ワシ達がもっと強ければ解決できた問題じゃ。それで、助けてもらった上にさらにお願いをすることになって悪いんじゃが、馬車も馬もこの有様《ありさま》じゃ、お主の馬車に一緒に乗せてってはくれんかのぅ。もちろんしっかりお礼はするぞ」

老人の言う通り、馬車はオーガの襲撃によって破壊され、馬は絶命していた。

（おじいさんを送るのは問題ないし、むしろ置いていけないよな……）

アレクがそう思っていると、ちょうどナタリーがやってくる。

「お待たせいたしました。アレク様！」

「ナタリー、同乗者が増えるけどいいかな？　ここにおじいさんを置いてはいけないし……」

「私に許可を取る必要はございません。アレク様がお決めになられたことに従います！」

「ヒヒーン」

ナタリーは迷いなくきっぱりと答えた。何故か、馬も「任せてください、旦那！　アンタに一生付いていきますぜ」と言っているようにアレクには思えた。

アレクは、ナタリーと馬に「ありがとう」とお礼を言う。

「おじいさん、許可も出ましたし、一緒に行きましょう。さぁ、乗ってください」

アレクがおじいさんを乗せようとすると、おじいさんは立ち止まり口を開いた。

「すまんのぅ。それより、挨拶がまだだったのぅ。ワシは、ヨゼフ・フォン・ヴェルトロじゃ！よろしくのぅ」

今から向かう領の領主の名前が飛び出して、アレクとナタリーは大声で叫ぶ。

「「えええぇ〜!!」」

アレクは驚きながらも、すぐに自分のしたことを思い返し頭を下げる。

「まさかヴェルトロ子爵様とは……色々失礼なことをしてしまい、申し訳ございません。失礼を承知で発言をします。魔物が寄ってくる可能性がありますので、私の自己紹介については馬車の中でよろしいでしょうか？」

アレクの発言に対し、ヴェルトロ子爵は頷いて素早く馬車に乗り込む。

ナタリーは、まだ驚いて固まっている。

「お〜い！　ナタリー、正気に戻ってくれ。すぐ出発するぞ」

アレクは、ナタリーの肩を叩く。ナタリーはハッとなり、すぐに馬車に乗る。

「あ、アレク様、申し訳ございません。すぐに出発いたします」

それからすぐに、ヴェルトロ子爵領のストレンという名前の町に向かって進む。

馬車の中で、アレクが再度謝罪する。

「ヴェルトロ子爵様、度重なる失礼な発言や言動、誠に申し訳ございませんでした」

向かい側に座るヴェルトロ子爵に、座りながら深々と頭を下げるアレク。それを見ていたヴェルトロ子爵は笑う。

「ワッハッハ、頭を上げい。ワシの前でかしこまることは許さん！　お主は、ワシを救ってくれた恩人じゃ。さっきまでのように接してくれんか？　それから、名前を聞かせてもらいたいのぅ」

ヴェルトロ子爵は立ち上がってアレクの横に座り、肩に手を置いて、優しく言葉をかける。

アレクはヴェルトロ子爵が本心で言っていると声のトーンでわかり、これ以上謝ったりかしこまったりするのは、相手を不快にさせると感じた。

「ありがとうございます。では、自己紹介をさせてもらいます。俺の名前は、アレクです。除籍のうえ追放されてしまいましたが、元はバーナード伯爵家次男です」

調べられたらすぐわかることでもあるし、追放されている人物だからと言ってヴェルトロ子爵が態度を変えるとも思えず、アレクは素直に自分の素性《すじょう》を明かした。

「ほぅ……バーナード伯爵家に次男がおることを初めて知ったわい。すまんがアレク、ワシのスキルで真実を覗いてもよいか？　無理にとは言わん」

急に「スキルで真実を」と言われて疑問に感じたが、ここで変に断っては怪しまれると思ったアレクは了承する。

「俺は一度も家から出してもらえず社交的な場には顔を出せなかったため、俺のことを知らないのも無理はありません。好きにスキルを使用してください。ヴェルトロ子爵様を信用します」

女神から授けられたスキルは流石にバレるとまずいかなと思ったが、真実が見えるスキルがある時点で隠し続けることは難しい。

それにわざわざ許可を取るということは、伯爵家の人間より信用できるとアレクは判断した。

「大丈夫じゃ。見るのは追放された原因だけじゃ。ではスキルを使わせてもらうぞい」

ヴェルトロ子爵は〈真実の目〉を発動させる。それは対象となる人物の記憶や情報を読み取れる能力であった。

ヴェルトロ子爵はアレクをジーッと眺めていたが、しばらくすると目から涙を流す。そして、急にアレクを抱きしめた。

アレクは急な展開に慌てる。

「え、え、え、ヴェルトロ子爵様!?」

どうしていいかわからなくなったアレクは、抱きしめられたことを受け入れるしかなかった。

ヴェルトロ子爵が、静かに話し出す。

「辛かったのぅ……よく生きておったわい……こんな可愛い子によくも酷いことができたもんじゃ。バーナード伯爵家は腐っておるな！」

〈真実の目〉で彼が見たものは、アレクがこれまで受けた伯爵家の人間からの暴力や暴言の記憶であった。特に、ディランとヨウスとアミーヤとチェスターの憎悪に満ちた顔が、鮮明に脳裏に焼きつき離れなかった。

ちなみに、彼が見た記憶はアレクの人生のほんの一部なので、転生のことはバレずに済んでいる。

「ヴェルトロ子爵様、俺は大丈夫ですから。ずっと抱きつかれているのは、恥ずかしいです……」

そうアレクが言うと、ヴェルトロ子爵はゆっくりとアレクから離れる。

「すまんすまん。あまりに酷い光景じゃったからな……しかし本当に強い子じゃな。これからワシをヨゼフと呼びなさい。それから、行くあてもないじゃろう？　ワシの家で暮らすといい」

アレクはまさかの名前呼びと、家で暮らしていいという提案に驚く。たとえ同情心から出た提案であったとしても、嬉しさが込み上げてくる。

「ヴェルトロ子──」

「ヨゼフじゃ」

「ヨゼフ様、ご提案をありがたく受けたいと思います。よろしくお願いします」

それを聞いたヨゼフは、満面の笑みになり頷く。

「ヨゼフでええんじゃが……まあ、じきに慣れるじゃろう。アレクよ、よろしくのぅ」

アレクは、子爵様を呼び捨てなんてできないよと思う。

そう考えているとナタリーが話しかけてくる。

「ヴェルトロ子爵様、アレク様、街が見えてきました！」

今いる場所が丘のような高台だからだろう、外を見ると無数の建物が並んでいて、遠くには海も見える。海の手前にあるのが、アレク達が目指していたストレンという街だ。

アレクは、なんて綺麗な景色なのだろうと思いながら馬車に揺られていた。

◆
◇
◆

それから馬車を走らせて、街の門前に着いた。

大勢の人が列をなしている。

それを見てアレクはここに並ぶのかと気落ちする。

「アレクのメイドよ、あっちに見える貴族用の入り口に向かうんじゃ。ワシなら何も言われず入れる」

それを聞いたナタリーは、人が並んでいる列から少し離れた所にある、馬車が一台通れるくらいの大きさの門へと馬車を向かわせる。

そこに二人いた門番のうち一人がこちらに気付いて話しかけてくる。アレクが行こうとしたが、「ワシに任せるんじゃ」とヨゼフが言う。

「失礼します！　護衛もいないようですが、商人の方でしょうか？　商人の方であればあちらの……えっ！　ヴェルトロ子爵様！　どうして……」

護衛もいない馬車から領主が出てきたら、そりゃ驚くわなと思うアレク。

「こちらは、ワシを魔物から救ってくれた恩人であり、大切なお客様じゃ。今すぐ屋敷に客が来ると伝えてくれんかのぅ？　それからワシらは、通ってよいか？」

ヨゼフは慌てる門番にそう伝える。

門番がもう一人に「至急お伝えしてこい！」と言う。

それを聞いたもう一人が「はい！」と言って走っていく。

「そうだったのですね、ヴェルトロ子爵様が無事でよかったです。それと、通っていただいて結構です。長い時間足止めしてしまい、大変失礼いたしました」

「気にすることはないわい。最初の対応など、貴族ではないかもしれん相手にも、ちゃんとした言葉遣いをしておったのは評価できるのぅ。そうじゃ、これで仕事が終わったら飲みにでも行ってくれ。屋敷に伝えに言ってくれた者にも、よろしく言っておいてはくれんか？」

それを見たアレクは感心する。

（サッと駄賃を渡すとは、粋な方だな）

門番も、ヨゼフを尊敬の眼差《まなざ》しで見つめ、「ありがとうございました！　必ず伝えさせていただきます！」と頭を下げていた。

ヨゼフがナタリーに屋敷の場所を伝えると、ナタリーは馬車を屋敷に向かわせた。

「ヨゼフ様が、しっかりした領主様だと感じました。今通っている場所も活気があり、住みたいなと思えるいい街ですね」

そう素直な気持ちを伝えたアレクに、ヨゼフは嬉しそうな顔をする。

「そう言ってもらえると嬉しいのぅ。じゃが、昔から活気があったわけではないんじゃよ。この領を任せられた時は、酷い街並みで人々に笑顔などなかった。だがのぅ、一緒に付いてきてくれた部下達と街の住人の頑張りで、ここまできたんじゃ！　ワシは恵まれとるわい。ワッハッハ」

ヨゼフは驕《おご》らない人物なのだと、アレクは改めて気付かされる。

しかも、ちゃんと部下を評価できるまともな人物で、だからこそ街に活気が生まれるのだと感じていた。

「近々、ここの人達と触れ合ってみたいですね。まずは、ヨゼフ様の屋敷の方にちゃんとご挨拶をしないとですが」

アレクがそう言っていると、馬車が止まる。

「ヴェルトロ子爵様、アレク様、屋敷に着きました」

ナタリーにそう言われ、外を見ると、大きな屋敷があった。

だが、伯爵家のように煌《きら》びやかなわけではなく、落ち着いた感じの外観だ。

アレクがそう感じていると、トントントンとノックがされたあと、馬車の扉が開く。

「旦那様、おかえりなさいませ！　門番からの知らせを聞いた時は、このセバン、心臓が止まる思いでした。ご無事で何よりです」

執事の格好をしたセバンという人物が泣きながら、ヨゼフに訴えかける。

「アレクよ、セバンがすまぬのぅ。普段は、こんなみっともないことはせんやつなんじゃが。はぁ、セバンよ、客人がおるんじゃ。泣いておらんで、しっかり馬車を案内するんじゃ！　後ほど今回の件は報告するでのぅ」

「申し訳ございません！　すぐにご案内いたします」

セバンは、慌てるように扉を閉めて、ナタリーに指示を出して馬車を敷地内に誘導する。

その変わりようにアレクは思わず笑ってしまう。

セバンの誘導はとても丁寧で、チェスターとは大違いだったのだ。

馬車に揺られながら屋敷の敷地を眺めていると、しっかり整えられた綺麗な芝生《しばふ》や花壇《かだん》があった。

少しして、馬車が屋敷の玄関前に着いた。

馬車が止まり、セバンが扉を開ける。

「旦那様、お待たせいたしました。お客様、足元にお気をつけてお先にお降りください」

セバンの言葉に従い、馬車から降りるアレク。

続いてヨゼフが降り、セバンにこれからのことを指示する。

「まずは、客人に湯浴みと衣服の用意を頼む。ワシを助けたせいで、ボロボロになってしまったからな。それから、すぐにノックス団長を書斎《しょさい》に呼んでくれんか？　相談したいことがあるでのぅ」

アレクは自分の服がズタボロなのを改めて認識し、恥ずかしくなる。

「かしこまりました。湯浴みのご用意はできております。お客様、私は執事のセバンと申します。ご案内いたしますのでこちらへどうぞ」

「ありがとうございます。俺は、アレクと申します。御者をしていたナタリーにも、湯浴みと衣服の用意をお願いできないでしょうか？　過分なお願いで申し訳ございません」

ずっと御者をしていたナタリーは相当疲れているだろうという思いから、アレクはナタリーの湯浴みと着替えのお願いをする。

「かしこまりました。ナタリー様に関しましては、メイドにご案内させるようといたします。旦那様は、このまま書斎に行かれますでしょうか？」

一切嫌な顔をせず、笑顔で答えるセバン。

あのチェスターは、本当に執事だったのかと、アレクは改めて疑問に思えてきた。

「すぐ書斎へ行く。では、またあとでのぅ」

そのまま、ヨゼフは玄関から入っていく。アレクもセバンに連れられて屋敷に入ると――

「いらっしゃいませ！　お客様！」

数十人のメイドが一斉に挨拶をしてきた。

あまりの凄さにアレクは言葉を失ってしまう。

こんな待遇を受けたことのないアレクは、どうなってしまうのか、どうすればいいのか、不安で仕方がなくなった。

◆◇◆

「貴族ってなんなの？　みんな、メイドさんに全身洗われたり、着替えさせてもらっているの⁉

あぁ～、あられもない姿を見られた～！　もうお婿《むこ》に行けないよ～！」

数十分後、子爵家の一室で、綺麗な服を着させてもらったにもかかわらず、床をのたうち回るアレクの姿があった。

「それにしても、ずっと鏡なんかなかったから、こっちの世界に来て初めて自分の姿を見たな。こんな美少年だったなんて……パッチリ二重に唇もプルンとしていて、天然金髪。前世になかったモテ期が来るのでは……？　女神様、お願いですから。成長してもこのままイケメンでお願いします」

両手を合わせてお願いをするアレク。

そこに、トントントンとドアをノックする音が鳴る。

アレクは慌ててその場に正座をする。

「は、は～い」

返事をすると、セバンが入ってきた。

「アレク様、どうされたのですか？」

椅子もベッドもある部屋なのに、部屋の真ん中で正座をするアレクに疑問を感じるセバン。

アレクは、「女神様にイケメンを願った時にセバンが来て、焦って思わず正座した」などとは言えず、ぎこちない返答をする。

「い、いや。まさか、こんな上等な部屋に、高級な服を用意してもらえるとは思わず、緊張してしまい……アハハハ」

咄嗟にした言い訳は、あながち嘘ではない。本当に上等な部屋に高級な衣服を与えられたのである。

シックにまとめられたこの部屋を、アレクは気に入っている。

「いえいえ、アレク様は大事なお客様で旦那様の命の恩人です！　最大限におもてなしさせていただきます。それから、私に対しては、そのようなかしこまった言葉遣いは不要でございます」

アレクは、今すぐセバンの爪の垢《あか》を煎《せん》じて、チェスターに飲ませたいと思った。

アレクは本物の執事の対応に感動しながら礼を言う。

「ありがとうございます。兵士の皆様を助けることができなかったのが残念です。しかし、ヨゼフ様をお助けできたのは幸運でした。言葉遣いについては……すみません、すぐには難しそうです。それから……俺に何かご用でしたか？」

慣れない対応と待遇に緊張がまだ抜けないアレクであった。

アレクから訪ねてきた理由を聞かれて、セバンは思い出したかのような顔をする。

「お伝えするのが遅くなり、申し訳ございません。旦那様がお呼びです。このまま旦那様の書斎まで参りたいのですが、よろしいでしょうか？」

断る理由などないアレクは、すぐ快諾する。

「はい！　案内よろしくお願いします」

セバンに連れられて廊下を歩くアレク。

ホコリもゴミもなく、調度品も上品で、素晴らしい廊下だった。

そう思っているうちに二人はヨゼフの書斎に着き、セバンが扉をノックする。

「旦那様、アレク様をお連れいたしました」

「入ってもらいなさい」

セバンの落ち着いた感じに、いかにも主という感じの言葉遣い。アレクは、これが本当の貴族と使用人のやり取りかと思う。

「セバン、ご苦労じゃった、もうよいぞ。アレクは、そこに座りなさい」

ヨゼフにそう言われたセバンは、一礼して去っていく。

アレクは、指定されたソファーへと座る。

ヨゼフもアレクの向かい側のソファーに腰を下ろした。

「改めて、この度は感謝するわい。妻と一緒に礼を言いたいのじゃが、妻は病に伏せっておって、挨拶ができなくてな。誠に申し訳ない。それから、これはお礼じゃ。受け取ってくれんか」

アレクは、子爵夫人が病に伏せていると聞いて驚く。さらにヨゼフから渡された、布袋パンパンに詰められた金貨に、もう一度驚いた。

「ご病気なら無理にお願いはできませんし、いつか病気が治った時で大丈夫です、早くご回復することを願っております。あと、こんなには受け取れません！　多すぎます」

「アレクにこんなことを言って困らせたくないんじゃが、妻はもう治らないんじゃ……いつ亡くなってもおかしくないと言われとる……お礼も受け取ってくれんか。ワシには、子供もおらんし、金を使う機会はそうないんじゃよ」

ヨゼフの言葉を聞いて、アレクの頭は急速に回転し始める。

（おいおい！　待て待て。急に重い話が出てきたぞ。いつ亡くなってもおかしくない……そんなこと言われたら、スキルを隠している場合ではないんじゃないか。子供もいないのに、奥様が亡くなったら……）

そう考えつつ、しっかりと礼を述べる。

「で、ではお礼はありがたくいただきます、それよりも……」

秘密を明かすべきか迷い、言葉を区切る。

そして、意を決して口を開いた。

「……ヨゼフ様、もし、俺に奥様を救える力があるとすれば、どうしますか？」

そんな発言が出ると思っていなかったヨゼフは、何を言っているのだと眉を顰《ひそ》める。しかし真剣なアレクの顔を見て、真顔になった。

「もし、妻を救えるのであれば、ワシの全財産……いや、ワシの命も差し出す覚悟じゃ。アレクよ、その話は本当なのか？」

最後の方は、藁《わら》にもすがる思いで弱々しく言うヨゼフ。

アレクは、それを聞いて完全に決断する。

「今から話すことは他言無用でお願いします——俺には〈全知全能薬学〉というスキルがあり、世界のあらゆる薬学知識があります。それに、診断スキルも持ち合わせています。もし、この秘密を守っていただけるなら、それらのスキルを使って奥様を治します」

ヨゼフは、驚きの顔をして涙を流した。

〈真実の目〉で本当か嘘かを確認したわけではない。

アレクの真剣な表情から、言っていることが本当だとわかり、諦めかけていた妻の病を治す目処《めど》がやっと立ったという思いから、自然と涙が出たのだ。

「アレクよ、妻を頼む！　元気な姿にしてくれんか！　秘密はどんなことがあろうとも絶対にバレないようにする！　お願いじゃ……」

アレクの手を両手で握り、頭を深々と下げる。

「では、すぐに奥様の所へ案内してください」

ヨゼフは、「わかった」と言ってすぐに立ち上がり、案内をしてくれた。

ヨゼフに案内され、ヨゼフの妻が寝ている部屋に入る。

彼女はベッドで寝ていて、頬はこけており、腕はやせ細ってまるで皮と骨だけのように見えた。

「すぐに診断をします。〈診断〉」

患者：カリーネ・フォン・ヴェルトロ（七十六歳）
病名：全身臓器衰弱病　ステージ4
余命：一日

アレクが〈診断〉を使うと、ステータスボードのようなものが映し出される。

そこには、まさかの余命一日の文字があった。

この全身臓器衰弱という病気は、ステージが上がるに従って臓器の機能が衰えていくという恐ろしい病だ。

アレクは〈全知全能薬学〉で、この病気に効く薬を探し始める。

「〈全知全能薬学〉」

臓器衰弱病治療薬：ステージ2まで有効

しかし、それらしい薬はあったものの、有効なのはステージ2までだった。彼女の病気がステージ4まで進行していることを考えると、この薬は投与しても意味がない。

（クソ！　どうすれば……あ！　ファンタジーアニメでよくある『エリクサー』なら！）

アレクは改めて〈全知全能薬学〉で薬の閲覧を始める。

エリクサー　：どんな病気・呪い・毒・欠損も治すことができる。

こいつならいける、そう確信したアレクは早速薬の生成に取りかかる。

「〈薬素材創造〉」

アレクがそう言うと、『エリクサー』を作るのに必要な、『古龍《こりゅう》の心臓《しんぞう》』、『神樹《しんじゅ》の実《み》』、『精霊《せいれい》の涙《なみだ》』、『月《つき》の欠片《かけら》』、『精製水』が出てくる。

アレクはいつでも薬を作れるように常備している瓶を出す。

「〈調合〉」

素材と瓶が光った次の瞬間には、瓶の中には黄金色に輝く液体が入っていた。

ちなみにこの世界では『エリクサー』の製法は確立されておらず、とても貴重な薬である。

「ヨゼフ様、治療薬です。早く飲ませてあげてください。手遅れになるかもしれません」

それを聞いたヨゼフは、薬を手にして妻のもとへと駆け寄り声をかける。

「カリーネ、カリーネ。聞こえたら目を開けてくれ、お願いじゃ！」

悲痛な叫び声が部屋に響き渡る。ヨゼフは、妻の名前を呼び続ける。

すると弱々しくカリーネが言う。

「あなた……うるさいわ。おちおち寝ていられないわよ？」

目を開けたカリーネは、優しい笑顔でヨゼフを見ている。

「カリーネ、治るんじゃ、治るんじゃよ！　これを早く飲んでくれんかのう」

泣きながら、カリーネの口に瓶を持っていく。

カリーネは微笑みながら抵抗することなく、口に入れて最後の力を振り絞りゴクンと飲む。

その瞬間、カリーネの体から眩《まばゆ》い光が放たれる。

アレクもヨゼフも驚くが、すぐに光は収まった。

そしてカリーネは上半身を起こすと、自身の体を見下ろした。

「あなた……私……体が動くのよ！　それに痛くないの……ここは天国かしら？」

さっきまで体も動かせず、激痛に耐えていたのが嘘のように、痛みもなく自由に手足が動かせることで、死んで苦しみから解放されたとのではと勘違いするカリーネ。

「カリーネ、治ったんじゃよ。カリーネ……本当によかった……」

カリーネの胸元に顔を押し当てて泣くヨゼフ。絶望から解放され、今までの苦しみが一気に溢れ出したのだろう。

「えっ？　本当に治ったの？　この前診《み》てくれた大司教様は、もう長くないっておっしゃっていたのに。あなた、私に何をしたの？」

「あぁ、治ったんじゃ。そこにいるアレクのおかげじゃ」

それを聞いたカリーネは、アレクの方に顔を向け、目を丸くする。

自分の病を治すなんて、てっきり教皇様か聖者様が来てくれたのだと思ったのに、そこには可愛らしい少年しかいなかったからだ。

ヨゼフが嘘を言っているのかとも思ったが、夫がそんな嘘をつくはずがないと思い直し、この子が治してくれたのだ、と感謝の気持ちが溢れ出すカリーネ。

そして、きちんと挨拶をするべく、ベッドのふちに腰かけると口を開いた。

「この度は、私の病気を治してくださりありがとうございます。病気になる前より調子がいいくらいですもの。本当にありがとうね」

アレクはカリーネを見て驚く。病が治っただけだと思っていたが、こけていた頬も細かった腕も張りがあるように見える。『エリクサー』がここまで凄いとは思ってもみなかった。

「だ、大丈夫なのか？」

「あなた、大丈夫よ。ほら、健康そのものよ。それよりも、早く涙を拭いて離れなさい。アレクくんと話せないわ」

カリーネは腕を広げて元気なアピールをする。ヨゼフの顔は涙と鼻水でグチョグチョだった。

「アレクくん、もしよかったらこっちに来て顔を見せてくれるかしら？」

「は、はい」

アレクは急いでカリーネに近づく。

「こんな可愛い子が私を治してくれたのね。本当にありがとう」

アレクの頭を撫でるカリーネ。

アレクは、撫でられた瞬間涙が溢れ出る。カリーネの優しい笑顔を見て、亡くなった母を思い出してしまったのだ。

「あらま！　私、悪いこと言っちゃったかしら？　泣かせてしまってごめんなさいね」

泣き出したアレクを見てカリーネは焦り出す。

アレクは慌てて涙を拭う。

「カリーネ様、申し訳ございません。亡くなった母を思い出してしまい……えっ、ちょっとカリーネ様」

アレクの言葉を聞いたカリーネは、アレクを抱きしめると、頭を優しく撫でるのだった。

アレクは、その優しさと温かいぬくもりに身を委《ゆだ》ねる。

さらに後ろからヨゼフにも抱きしめられた。

「おぉ〜、アレクよ、なんと可哀想な子なんじゃ。ずっとうちにおっていいからの」

ヨゼフはスキルで具体的な境遇を知っているから、余計に心にくるものがあり、大声でそんなことを口にした。

その声があまりに騒がしく、通りかかったセバンと数人のメイドが部屋に入ってくる。

「大声が聞こえたのですが……ってえええ！　カリーネ様が起きていらっしゃる！」

セバンのその大声に、他の使用人達も集まってきて大騒ぎが始まる。

カリーネはあらまという顔をして、ヨゼフが使用人達を制止する。

「静かにせんか！　セバン、今すぐに使用人と騎士団員全てをホールに集め、魔法の誓約書《せいやくしょ》を人数分用意するのじゃ。早く行かんか！」

急に言われたセバンは困惑していたが、「早く行かんか」の一言で慌てて部屋から出ていく。

「お前達も早くホールに向かわんか！　……よし、これで、邪魔者は消えたわい。約束通りアレクの秘密は守るでのう。今から全員に、秘密を話そうとした場合死ぬという誓約を結ばせるんじゃ。カリーネ、あとでアレクのことは説明するでな。一緒にホールまで付いてきてくれんか？　もちろんアレクもじゃ」

メイド達も追いやったあと、まさかの死という言葉が出て焦るアレク。

しかしヨゼフに手を握られて引っ張られる形になり、何も反論できない。

さらにもう片方はカリーネに握られている。

仲がいい家族のように、アレクが真ん中に挟まれてホールに向かうのだった。

第三章　子爵家での新たな生活

三人がホールに着くと、すでに大勢の使用人と騎士が集まっていた。

最初はヨゼフのちょっとした挨拶から始まるとのことで、カリーネとアレクは、少し離れた所で待機させられる。

「皆の者、忙しい中集まってくれて感謝する。今回集まってもらったのは、他でもない、カリーネが回復したからじゃ。カリーネ、こっちへ」

カリーネが現れると、ホールにいた全員から歓声が上がる。泣き崩れる使用人までいるほどだ。

「そのように喜んでくれて嬉しく思う。カリーネ、一言もらってもよいかのう？」

「皆様、本当にご心配をかけてごめんなさい。こうやってまたここにいる全員と暮らしていけることを嬉しく思うわ。これからもよろしくお願いね」

カリーネの話が終わると、先ほどよりも大きい歓声が上がる。

声を聞いて実感したのか、さらに涙を流して喜ぶ人が増えた。歓声はしばらく鳴り止むことがなく、ヨゼフが制止する。

「皆の者、一度静かにせい。まだ紹介したい者がおる。今回、カリーネの病を治した者じゃ。アレク、来なさい」

アレクは、呼ばれて向かうが、大勢がアレクを凝視《ぎょうし》しているので緊張してガチガチになる。

「アレクは緊張しておるようじゃから、挨拶はまたあとででいいじゃろう。皆を集めた一番の理由はアレクじゃ。アレクには、特別なスキルがある。カリーネの不治の病を治すくらいのものじゃ」

ヨゼフがそう言うと、使用人達から驚きの声が上がる。

その声が収まるまで待ってから、ヨゼフは再び口を開いた。

「そこで皆には、アレクがカリーネを治したということについて、口外することを禁ずる！　口外したら死ぬという誓約の魔法紙に記名をしてもらうからのぅ。それほどのことだと肝に銘じてほしいんじゃ。それから、これが一番伝えたいことじゃが……アレクをヴェルトロ子爵家の養子にする」

言い終えたあと、しばらく沈黙が続く。それを破ったのが、アレクだ。

「よ、養子？　えええええ!?」

使用人や騎士達は、アレクの叫びを掻き消すかのようにまたも「ワァー」っと大歓声を上げる。

アレクがヨゼフとカリーネの顔を交互に見ると、二人は優しく微笑んでいた。

アレクは、これからどうなるんだと思わずにはいられなかった。

◆　◇　◆

あの怒涛《どとう》のような展開を終えたアレクは、使用人皆が誓約書にサインしている間、ヨゼフの書斎で先ほどの誓約と養子の話を詳しく聞くことになった。

カリーネは湯浴みと食事と着替えのため席を外し、部屋にいるのはアレクとヨゼフの二人だけだ。

アレクが、そういえばナタリーはどうしているのだろうなどと考えていると、書斎の椅子に座っているヨゼフが口を開いた。

「さっきはすまんかった。カリーネが回復してしまっては、いつかアレクのことが明るみになるのは目に見えとるからのう。先に手を打たせてもらったわい」

「いいえ、最善の手だと俺も思います。わざわざありがとうございます。それよりも、俺が聞きたいのは養子の件なのですが……」

ヨゼフは、悩む素振《そぶ》りすら見せずに笑顔で答える。

「アレクを息子にする理由は二つある。一つ目は、情報が漏れた場合、養子にすることでアレクの身を守りやすくするためじゃ。子爵家とはいえ、貴族の一員になるわけじゃからな。二つ目は、ワシもカリーネも、アレクを気に入ったからじゃよ。危険を顧《かえり》みずワシを助け、さらにはカリーネまで救ってくれたからのう。アレクを息子にせねばと直感で思ったんじゃよ。将来、子爵家を継いでくれたら嬉しいの」

アレクにしてみれば、一つ目は、非常にありがたい。後ろ盾があるなしで、生き死にに関わるからだ。

また二つ目は、素直に嬉しい。あの時危険を顧みず助けに行ってよかったと思える。

だが最後の話にはアレクは驚きを隠せなかった。転生して一ヶ月ほどで、こんな活気のある領の将来を任されるかもしれなくなるとは思いもしなかったからだ。

「ヨゼフ様、わかりました。その話ありがたくお受けしたいと思います」

そんなアレクの反応にヨゼフは、この他人行儀なところから改善してやらないとなと内心ため息をつく。

「これからワシのことは、父上と呼びなさい。もう他人ではないんじゃ、困ったらワシやカリーネを頼りなさい。わかったかの？　それと、魔法の誓約をしたとはいえ、どこからバレてしまうかわからん。むやみやたらと力を使うんでないぞ」

その優しい声に、またアレクの目から自然と涙が溢れ出す。「頼りなさい」など何年振りに言われただろうか？

アレクにはこれが運命だったと自然と思えた。

「父上……」

ヨゼフはそう呼ばれたのがよほど嬉しかったのか、目尻を下げてアレクを抱きしめる。

そこに、カリーネがやってきた。

「あらあら、アレクは泣き虫ね。それに、あなたがこんな親バカだとは思わなかったわ。アレク、私のことも母上と呼んでくれるわよね？」

さっきのやり取りを全部見られていたと気付いたアレクは、恥ずかしさから顔を赤くする。

「母上……」

アレクがそう呼ぶと、カリーネも抱きしめてきた。

そうして三人がそれぞれの幸せを感じたあと、ヨゼフは国王から与えられた自分の職務について話し始めた。

「アレクよ、息子になった以上、ワシの秘密を共有しておく。ワシのスキルについては、特級極《とっきゅうごく》秘事項《ひじこう》になっておってのう……今は、国王陛下《へいか》とその宰相《さいしょう》、うちの騎士団長とセバンしか知らんのじゃ。そして、ワシは普段は領主をしておるが、国王から命令がなされた際は、密かに調査対象の貴族に接触してスキルを使って真実を調べ、国に結果を伝える諜報《ちょうほう》活動をしておるんじゃ」

「アレクのお父さんは凄い人なのよ。もちろんアレクも自慢の息子だわ」

ヨゼフの話が終わると、カリーネが得意げにそう言った。

「正直、驚きました。父上がそのような職務を任されているとは。ですが、俺がそれを知ってよかったのですか？」

アレクは困惑しながら疑問を口にする。このような重大な秘密を伝えるということは、何か裏の目的があるのではないかと勘ぐっているのだ。

「ワシはもう年じゃし、この仕事を辞めようと思っとったんじゃがのう……最後の仕事に、アレクを酷い目に遭わせた輩《やから》――バーナード伯爵家のゴミ共に、天誅《てんちゅう》を下そうと思ったんじゃよ。そのためには、色々アレクにも協力してもらわねばならんし、教えておく必要があるじゃろう？」

そういうことかとアレクは納得する。

「ありがとうございます父上！　なんでも協力します」

まさかこんな簡単に復讐の機会が訪れるとは。アレクの顔は歓喜《かんき》に歪む。

「あら、アレク、そんな顔してはいけません。せっかくの可愛い顔が台無しよ」

「そうじゃぞ。それに、平常心を心掛けねば相手に悟られるぞい。敵対する相手から何をされようが、顔に出してはいかん」

復讐できるという喜びが、分かりやすく顔に出てしまっていたことに恥じ入るアレク。

「申し訳ございません。父上、母上」

アレクが顔を曇らせると、カリーネは「次から気を付けたらいいのよ」と頭を撫でる。

「では、早速じゃが、先ほどできなかった挨拶をせねばな。そろそろ誓約書の件も片付いたじゃろう」

(あ、あの全員の前で挨拶するとか心臓バクバクだよ。できるのかな？　俺……)

アレクはまたも緊張でガチガチになりながら、ホールへと向かうのだった。


場所は再びホールに戻る。

先ほどと同じように大勢の使用人がアレク達三人を待っていた。

「皆の者、再度集まってもらって悪いの。集まってもらったのは、アレクの自己紹介を聞いてもらおうと思ってな。さぁアレク、何を言っても怒る者はおらんから、好きなように言うんじゃ」

ヨゼフがそう言うと、アレクはカリーネに背中を押されて真ん中に立たされる。

アレクはこんな大人数の前で演説するなど初めてで、口から心臓が飛び出しそうになっていた。

「スーハースーハー」

「「「キャー、アレク様、可愛い～」」」

アレクが緊張を解《ほぐ》すために息を整えていたら、数人のメイドから可愛いコールが巻き起こった。

普通の貴族家なら許されることではないが、ヨゼフもカリーネも笑いながら見ている。

深呼吸して少し落ち着いてきたアレクは、ようやく口を開く。

「私は、アレクと申します。皆様、この度は、どこの馬の骨ともわからない者を受け入れていただきありがとうございます」

アレクが話し出すと歓声が止んだ。

「よき縁に恵まれてヴェルトロ家の養子になることが決まりました。私自身、正直戸惑っていますし、皆様も何故こいつがとか誰なのだろうと、受け入れ難い方や戸惑いがある方がいると思います。ですが、私はヨゼフ様とカリーネ様を本当の父上と母上だと思っております。だから私ができる最大限のことを父上と母上、そしてここにいる全ての方にしたいと思っています。すぐに認めてもらえないとは思いますが、よろしくお願いします」

アレクのスピーチが終わり、ホールはシーンと静まり返る。

そんな中、使用人の一人が最初に拍手を始め、それを皮切りに喝采が起こる。

その中には、「こんな可愛いのに追放とかおかしいです」などと言っている使用人もいた。

事前にヨゼフがセバンに説明をして、誓約書を書かせた際に、生い立ちの話もしていたのだ。

「俺は、ヨゼフ様とカリーネ様を救ってくれたアレク様を、御子息《ごしそく》様として認めるぜ」

「私も、認めます」

「俺は拳を交えてみてぇな。御子息様、訓練一緒にやりましょう」

「アレク様、カリーネ様をお救いいただきありがとうございます」

使用人や騎士団員それぞれが、アレクに向けて声をかける。

アレクはまさか受け入れてもらえると思っていなかったのと、歓声の凄さに、体がブルッと震えてなんとも言えない感覚を味わっていた。

「どうじゃアレク。皆、いいやつらじゃろう？　仲良くしていけそうかのぅ？」

「はい！　驚きました。正直、拒絶されるのではと……父上がうまくやってくれたのですね。ありがとうございます」

「ワシはなんもしとらん。アレクの人となりのおかげじゃよ。では、最後にワシが締めようかのぅ」

そう言うとアレクの手を握り話し始める。

「静粛《せいしゅく》に！　皆の者、これからアレクをよろしく頼むぞい。お互い色々話して理解し合ってほしいと思う。最後に、これからもヴェルトロ子爵家を支えてくれ。以上、解散じゃ」

ヨゼフがそう言うとみんな真剣な顔つきで仕事に戻っていく。

そのメリハリのつけ方に、アレクは目を見張った。

「アレクは疲れたじゃろう？　夕食までゆっくり休みなさい。色々気持ちの整理も必要じゃろうしな」

ヨゼフのその言葉を聞いて、本当の父とはこんなにも優しいものなのかと思うアレク。

「はい。お言葉に甘えてゆっくりさせていただきます。では、父上、母上、お先に失礼します」

ヨゼフは「ゆっくりするんじゃぞ」と言い、カリーネは「アレク、素晴らしい演説だったわ。夕食は豪勢にするわね」と微笑んだ。

アレクが自分の部屋に戻ろうと歩いていると、前からナタリーが走ってきた。

「アレク様、申し訳ございません。私、疲れて寝てしまいました。それから、アレク様が大活躍をして子爵家の養子になられたとお聞きしたのですが、何をされたのですか？」

アレクは、ナタリーの顔を見て日常に戻った感じがしてホッとした。

気付かないうちにナタリーは、アレクにとって、なくてはならない存在になっているらしい。

「夕食まで時間がたっぷりあるから、俺の部屋で全て話すよ。ナタリー、いつも側にいてくれてありがとうな」

感謝の言葉を口にするアレクに対し、ナタリーは「当たり前です」と返す。

その返答にアレクは笑ってしまった。

ナタリーに「何故笑うのですか？」と問われたが、何も返さず、内心で幸せだなと感じるのであった。

◆◇◆

一方、バーナード伯爵家では、ディランが苛立ちながらグラスを壁に投げつけていた。

パリンと音を立て、グラスが粉々になる。

「クソ！　サイモン、どういうことか説明しろ！」

ディランは刺客二人が殺されてアレクを逃がしたことをサイモンに報告され、激怒していた。

「申し訳ございません。完全に私の失態でございます。あの子供の力を見誤っておりました」

サイモンは、跪きながら謝罪の言葉を口にする。

ディランは、拳を握りしめる。その手からは、血がポタポタ落ちていた。

「サイモン、お前は十歳の子供すら殺せないのか？　お前にいくら出したと思っている？」

反論はできないが、放った刺客の死体の状態を見ても、それを言えるのかと思うサイモン。アレクの実力はそこらへんの冒険者よりは確実に上だと、彼は判断していた。

「も、もう一度機会をお与えください。私が自ら殺《あや》めてまいります。どうか今一度……」

ディランは新しいグラスにワインを注ぎ一口で飲み干す。

「最後だ、失敗は許されんからな！　そしてアイツは、私をコケにしたんだ。楽に死なせるなよ。苦痛に歪んだ表情の首を持って帰ってこい！　いいな！」

暗殺者のサイモンから見ても、ディランは異常としか思えなかった。

「はい。必ずや吉報《きっぽう》をお持ちいたします。では、失礼します」

サイモンがそう言ってディランの部屋から去っていった。

◆　◇　◆

養子宣言から二日が経った。

アレクは今日からメイド三人がかりで風呂に入れられていた。メイド曰《いわ》く一日二回入りましょうとのことで、こうして風呂に入れられている。

ナタリーは、子爵家のメイドとして研修中で、研修が終わればアレク専属に戻る手筈《てはず》になっていた。

アレクは今、セバンの案内で、ヨゼフの執務室に向かっている。

「旦那様、アレク様をお連れいたしました」

セバンがそう言うと、中からヨゼフの声がする。

「入ってよいぞ」

ヨゼフの許可を得たアレクはドアを開けて中に入る。

「父上、入ります」

ヨゼフの目配せで、セバンは一礼してドアを閉めて出ていった。

「よう来たよう来た。そこへ座りなさい」

そう言ってヨゼフはアレクをにこやかに迎え入れる。

「ありがとうございます。父上、このソファー、本当にフカフカで気持ちいいですね」

金持ちが座るような、深く沈むフカフカなソファーだ。一度横になってみたいと思っているとヨゼフがこっそりと言う。

「アレク、秘密じゃが、ワシは執務の合間に、そこで寝とるわい。それはさておき、まずこの金はアレクが仕留めたオーガの報酬じゃ。それと、養子の手続き書類を、早馬で王城に届けさせておる。じゃが、アレクが廃籍されとることで、もしかするとワシに召喚命令がくるかもしれん、正式に養子として認められるには少し時間がかかるかものう」

寝とるんかい！　と思わずツッコミそうになったアレクだったが、そんなことはおくびにも出さずに返答する。

「報酬が多くて驚いています。こんなに貰っていいのでしょうか？　それに、養子の件でご迷惑がかかる可能性があるとは……申し訳ございません」

アレクはそう言って頭を下げる。するとヨゼフは構わないといった風に手を上げて答える。

「報酬はオーガを倒した分だけではなく。カリーネの分も含まれておるからのぅ。召喚の件は、構わん。どちらにせよ、一度バーナード伯爵家の件で陛下と話し合わねばならんしな」

「父上、母上のことについては、絶対報酬はいただきません。母上のためにしたことで、報酬など受け取りたくはないです。あと、バーナード伯爵家の件、本当にありがとうございます！」

アレクの「報酬はいただきません」という言葉を聞いて、ヨゼフは思わず泣き出してしまう。

「アレクは、なんといい子なんじゃ……最高の息子じゃ。世界一じゃわい。これはアレク語録を残さねばならんな……と、冗談はさておき、アレク、今日はどうするつもりじゃ？」

「今日は、街に行こうかなと思っています……行ってもいいですか？」

「街に行くなら、騎士団のノックス団長を護衛につけることを条件に許そう、どうじゃ？」

「護衛はむしろありがたいです、ぜひお願いします」

「わかったわい、すぐにノックス団長に知らせねば。アレクは着替え終わったら下に下りてきなさい。時間を取らせてすまんかったのぅ」


その後、部屋に戻り着替えをしようとすると、すぐにメイドがやってきて、アレクはメイドの着せ替え人形のようになった。

「はぁぁぁ……疲れた」

ここに来てから続いている可愛がってくるメイドのおもちゃ状態にうんざりしつつ、アレクはメイドと一緒に階段を下りる。その先には、ノックスが待っていた。

「アレク坊、待っていたぞ」

これが、後にアレクの師匠になる人物との初の出会いであった。

◆　◇　◆

時は二日ほど遡《さかのぼ》る。

馬に乗ったノックスと騎士達が、ヨゼフが襲われた森の現場へ到着した。

ノックスはヴェルトロ子爵家の騎士団長で、片足が木で作られた義足になっており、頬に切り傷がある短髪の男だ。

屋敷に戻ったヨゼフはノックスを呼び出すと、自身が襲われたことやそれをアレクが倒したことを伝えた。そして兵士の遺体の回収と、オーガの処分を命じたのだ。

また、本来ならオーガが出現するような場所ではないので、その調査もするように言われていた。

そうしたわけで騎士達は二つのグループに分かれて森へと向かっており、ノックスは後発組であった。

アレクがオーガを倒した現場に近づいたので、ノックスが部下に注意を促す。

「この辺りが事件が起きた現場だ。もしかすると、生き残りのオーガがいるかもしれん。気を引き締めて任務に当たれ」

「はい、了解です」

しばらく警戒しながら道沿いに進むと、先行していた方の組の騎士が馬を走らせやってくる。

「どうした、何があった」

「団長、オーガの死体と仲間の死体がこの先にありました。幸いなことに荒らされた様子はないようです」

一番懸念していた盗賊の類《たぐい》や物取りの犯行は行われていないようで、ノックスはひとまず安心した。

「今すぐ街道を封鎖《ふうさ》しろ！　それと、ここを訪れた者に説明できるよう人員を配置してくれ」

「了解しました」

そして急いでやってきた騎士は、ノックスの命令を受けて、また馬を走らせて戻っていった。

「よし、俺達も急いで現場に向かうぞ」

「了解です」


ノックスが現場へ到着すると、先行していた騎士達の姿が見えた。

彼らは現場封鎖のためにロープを張って、通ろうとしていた人に説明していた。

「ロイス、ハイネに代わって街道封鎖の指揮に当たれ。ハイネには、〈気配察知〉のスキルが使える者を集めて街道の警戒に当たらせろ！　残りは、俺も含めてオーガと仲間の死体を回収する。いいな？」

ノックスは側にいたロイスという騎士に指示を出す。

「了解です。ハイネに指示を伝えてきます」

ロイスがその場を離れると同時に、残りの回収チームも「はい。了解です」と返事をする。

それからノックスは、キースという騎士と二人一組で死体の回収を始める。

キースはオーガの死体を見ながら不思議そうに尋ねる。

「ノックス団長、オーガは誰が倒したのですか？　死体の状態が普通じゃありませんよ」

アレクの攻撃によって、顔面が陥没《かんぼつ》していたり、腹がありえないへこみ方をしていたり、しまいには腹に風穴が開いていたりするオーガがいた。

「ヨゼフ様がお連れになった少年がやったらしいぞ。まだ十歳らしいがな」

それを聞いたキースは、驚き開いた口が塞がらないでいる。

「え？　ノックス団長、流石にそれは冗談ですよね……」

キースは、ノックスが驚かせようと嘘をついていると思った。

だが、変わらないノックスの真剣な顔に、キースは次第に顔を引きつらせる。

「いや、本当の話だ。俺もいまだに信じられないがな。だが、ヨゼフ様も何もない少年を連れてきたりはしないだろう。それより、この腹に風穴が開いたオーガを見てみろ。まだ、なりたてで小さいがハイオーガだ。鉄剣ですらかすり傷程度しか付けることのできないハイオーガの腹に、風穴を開けるとは……末恐ろしくないか？　キース」

ノックスは落ちていた鉄剣で、ハイオーガの腕を軽く切って実演しながら語る。

「ええ、おかしいですよ。そんな十歳がいるなら化け物ですし、私は勝てません」

キースは恐怖でブルッと震える。

「よし、どれほどのものか、俺が確かめてやる。落ち着いたらキースにも、あの少年と模擬戦《もぎせん》をしてもらうからな。それと、負けたやつには地獄の訓練を用意するか」

それを聞いたキースは、戻ったらすぐに仲間の騎士に伝えて、猛特訓をしようと心に誓うのだった。

「団長、これで最後です。街道付近と森の奥の調査は、どうしますか？」

最後の死体を荷車に載せ終わったノックスに、騎士の一人が声をかけてくる。

「ハイオーガが他にいる可能性もある以上、今の装備だと何もしないまま殺《や》られるだけだ。一度、屋敷に戻って準備を整えてから出直しだな。悪いが、ロイスを呼んできてくれないか？　それとキースは、街道の警戒をしているハイネに、俺達は一度屋敷に戻ると伝えてくれ」

「はい！　ロイス副団長を呼びに行ってまいります」

「ハイネに、先ほどの命令を伝えに行ってまいります」

ノックスから指示を受けたキースを含む騎士二人は、その指示通りに動く。

それから、しばらくしてロイスがノックスのもとにやってくる。

「団長、遅くなり申し訳ございません」

「構わん。街道封鎖がどれほど大変か理解している。俺達は、屋敷に一度戻り、ヨゼフ様に状況の説明をし、装備を整える。そして、装備を整え次第、森の調査を行う。その際の一時的な責任者をマイクに任せるつもりでいる。それとロイス、街道封鎖中に手に負えない魔物が現れたらすぐ逃げろ！　いいな？」

「はい！　了解です」

「ロイス、あとは頼んだぞ。回収組は、撤収だ！」

その場にいた全員が「はい！　了解です」と言って、オーガの死体と仲間の死体を屋敷に運ぶのであった。

ヴェルトロ子爵家の屋敷、ヨゼフの書斎。

現場から戻ってきたノックスが書斎のドアをノックする。

「ノックスです。ご命令の件で参りました」

「入りなさい」

ヨゼフが入室を許可する。

書斎の中には緊張感のある空気が漂っていた。

「ノックス団長、説明を頼む」

アレクといる時のような優しい顔ではなく、真剣な顔をするヨゼフ。

「はい、まずは、森の一時封鎖が完了いたしました。現在、五名の団員で周辺を捜査中です。次に、遺体についてですが、幸いなことに全て残っておりましたので連れて帰り、只今《ただいま》清めている最中でございます。魔物の素材に関しましても、全て回収いたしました」

ヨゼフは、一つ一つ頷きながら聞く。

「急な仕事にもかかわらずご苦労じゃった。あの場所にオーガが出没したことは一度もない。しっかり調査をし、報告を頼む。通る者に対して嘘偽りなく封鎖の理由を説明するのじゃ。亡くなった騎士に関しては、家族にはしっかりと弔慰金《ちょういきん》を支払い路頭に迷わんようにせんとのう。魔物は、全てアレクが倒したから、素材を冒険者ギルドに売って、金をアレクに渡すようにするんじゃ。誰か冒険者ギルドに向かわせてくれんか？」

この世界では弔慰金を払わない貴族などザラにいる。ヨゼフは、かなり真っ当な領主だ。

「はい、かしこまりました！　早急に全て対応できるよう行動いたします。では、失礼いたします」

そう言って出ていこうとするノックスに対して、笑顔になったヨゼフが言う。

「ああ、そうじゃアレクについてなんじゃが……」

ヨゼフはそう前置きして、カリーネの病気をアレクが治したこと、アレクが養子になること、そして情報が漏れるのを防ぐために、使用人全員と誓約を結ぶことを伝えた。

「ほ、本当ですか？　アレクという少年はそれほどまでに……それにオーガを倒す力まであるとは……」

「もちろん本当じゃ。どうじゃ？　アレクは強いじゃろう」

ヨゼフの笑顔を見たノックスは、今のヨゼフは仕事モードではなく、オフモードだと悟り、少し砕けた物言いをする。

「十歳でしたか？　現場にはハイオーガの死体があって、どれだけ凄いかと思っていたのですが……まさかそれほど多才だったとは。まあ、ハイオーガはサイズ的になりたてだったようですが、普通は十歳で戦う魔物ではありません……ヨゼフ様も凄い方を養子になさいましたね」

本来ハイオーガはもっと大きい。ノックスが予想した通り今回アレクが倒した個体は進化したてだった。

「そうじゃろうそうじゃろう。アレクは天才なんじゃよ。だが、もし力を失ったとしてもワシの息子じゃ。力があるからといって利用したりはせん。だが、あの子が強くなりたいと言うのなら、ノックス団長に任せるでのう。アレクを頼むわい」

ヨゼフはアレクの力ではなく、危険を顧みない心意気が気に入っているのだ。

「任せてください。森のあの状況を見せられたらやる気が湧いてきます。久々に育て甲斐のあるやつが現れたとね」

やる気に満ち溢れるノックス。

「鍛えるのはいいが、もしあの可愛い顔に酷い怪我などさせたらワシが許さんからな」

それを聞いたノックスは、「かなりの親バカじゃないか」と内心笑ってしまう。

こうしてまたアレクの知らないところで話が進むのであった。

◆◇◆

時は現在に戻る。

「アレク坊、待っていたぞ」

ノックスはアレクにそう声をかける。

一目見ただけでわかる猛者《もさ》のオーラにアレクは唾を呑んだ。

「遅くなって申し訳ございません。ノックス団長でしょうか？　俺はアレクです。よろしくお願いします」

ノックスは優しい目でアレクを見つめる。

「おう。俺がノックスだ、よろしくな。元冒険者だから口は悪いが許してくれよ。じゃあ行くとするか」

義足にもかかわらず、そうとは思わせないような自然な足の運びにアレクは驚いた。

「はい」

そうして、二人で馬車に乗り込み街に向かう。御者は、子爵家の使用人だ。

「アレク坊、街に行くって話だが、行きたい所はあるのか？」

アレクは慌てて行き先を伝える。

「えっと、冒険者ギルドに行くのと……あと、プレゼントを買いたいなって思っています。だから、雑貨屋があれば行きたいです」

ノックスは、ニヤニヤし出す。

「彼女にプレゼントか？　なら宝石店の方がよくないか？　金はあるんだろ？」

アレクは今度は慌てることなく平然と返す。

「違いますよ。一緒にここまで来たメイドに贈るんです……お世話になりっぱなしだったから」

てっきりアタフタすると予想していたノックスはつまらなそうにする。

「ふん、つまらん。子供らしく焦れよ。さっきから十歳と会話していると思えんぞ」

アレクは「中身は大人だから仕方ないだろ」と言いかけそうになるが踏み止まる。

だが、最近十歳の精神に引っ張られている節があるなとは感じていた。

「そうですかね？　まぁ伯爵家にいた時は、ナタリーがいる時以外は一人が基本で、虐めに耐える日々でしたから、自然とそうなったのかもしれません」

アレクはうまく言い訳しようと伯爵家のことを話す。するとノックスは悲しい顔をして申し訳なさそうな感じを出した。

「すまん……気を悪くさせたか？」

その表情や言葉から、ノックスは悪い人ではないとアレクには感じられた。

「気にしていませんよ。自分が弱かっただけですから。こちらこそ、同情を誘うようなことを言ってすみませんでした。それよりも、御者の方に行く場所を伝えてください。このまま馬車が動かないとノックス団長とのお見合いになりますよ」

アレクはこの空気を変えようと冗談を口にする。

ノックスもそれに気付いたようで、笑いながらアレクの首に腕を回して頭を軽くグリグリした。

「ハハハ！　生意気だぞ。オラオラオラ」

アレクもそれは冗談だとわかるので笑う。

それからノックスが御者に行き先を伝えて、馬車は冒険者ギルドに向かった。


少しして馬車が止まり、御者が目的地に着いたことを知らせてきた。

「よし、着いたな……面倒なやつに絡まれることが多いから実は俺はあまり気乗りしないんだが……行くか？」

アレクは自信いっぱいで答える。

「はい！　一度でいいから行ってみたかったんです！　それと俺、意外に強いですから心配しないでください。それにもし、何かあってもノックス団長が助けてくれると信じていますから」

「お前の心配はしてねぇよ。それに、絡んでくるやつは所詮雑魚《しょせんざこ》ばっかりだからな。行きたいなら仕方ない！」

馬車から降りたノックスが先頭に立ってギルドの入り口のドアを開ける。アレクは、準備を終えてからそれに続いた。

中に入るとそこには、鎧と剣を携《たずさ》えた冒険者・魔法師《まほうし》っぽい格好をした女の子などが大勢いた。

さらに依頼書が貼られている掲示板もある。

アレクは、ワクワクが止まらない。

そして、お約束もやってくる。

「おい！　お前のようなガキが来る場所じゃねぇんだよ。それに、おっさんも弱そうだな？　ガキを連れて早く帰んな」

体格のいいスキンヘッドのおっさんと、ヒョロいニタニタした表情の男が絡んできた。

(それにしても、ノックス団長を見て弱いとか……見る目がなさすぎる)

アレクはそう思うが、口には出さない。

「どうせランクも上がらない冒険者だろ？　こんなガキを連れて粋がる暇があるなら、依頼をこなして下っ端を卒業したらどうだ？」

ノックス団長は、それを聞いて噴《ふ》き出す。

ギルド内の反応は、「また絡んでいるわぁ」と言う人や「大丈夫かな」と心配する人、「あの子可愛い」と言う人など、様々だ。

絡んできたスキンヘッドは、ノックス団長の態度に顔を真っ赤にして怒っている。まるで茹《ゆ》でダコのようだとアレクは噴き出した。

「くっ！　このガキ！」

アレクは掴みかかってきたスキンヘッドの拳を軽く躱して、顎にアッパーを食らわせる。

スキンヘッドはアッパーの威力で少し体が持ち上がったあと、膝から崩れ落ちて倒れ失神する。

それを見て逃げようとしたヒョロガリを、アレクは軽く蹴り飛ばす。するとヒョロガリは吹き飛んで壁にぶつかり、こちらも気絶してしまった。

(ギルドに入る前に、馬車で強化薬を飲んでおいて正解だったな)

アレクがギルドに入る前にしていた準備とはこのことである。

周りの人間は何が起きたのかわからず、ポカーンとした表情になる。

「アレク坊、よくやった。次からは、力量を見極めて相手を最小限の力で倒すんだ。じゃないと殺してしまうかもしれないからな」

ノックスは頭を撫でながらアレクを褒める。

「はい！　次から気をつけます」

二人がそう言っていると、二階からある人物が叫ぶ。

「ノックス、お前はなんちゅうことを子供に教えとるんだ。それに、この惨状はどういうことだ!?

「誰か説明しろ！」

前頭部の生え際が後退しているハゲ頭の男が、額に血管を浮かせてノシノシと階段を降りてきた。

すかさず彼に対して受付嬢《うけつけじょう》の一人が説明を始めた。

そして説明を聞き終えた男は受付嬢に指示を出す。

「ミア、こいつらにポーションを飲ませて奥の牢にぶち込んどけ。それから、起きたらFランクからやり直しだと伝えろ」

ミアという受付嬢は近くの冒険者に手伝ってもらい、さっきの冒険者をギルドの奥に連れて行く。

「ノックスと坊主、上に来い」

それが終わるやいなや、ノックスとアレクは、そのハゲ男に二階へと連れて行かれるのであった。


二人が連れて行かれた部屋は、奥に机があり、手前に向かい合うソファーとテーブルが置かれていた。

男の指示で二人がソファーに座ると、受付嬢が紅茶と菓子を持ってきてくれた。

受付嬢が退出したあと、男が話し始める。

「まず、俺はこのギルドのギルドマスター、ゴルドンだ。今回の一件は、一般市民に冒険者から喧嘩を売り、殴りかかったということで、坊主のしたことは不問とする。だがな、次も同じようになると思うな」

アレクは内心、怒られるのではと思っていたのだが、ゴルドンがちゃんとした判断と忠告もできるまともな人のようだと安心する。

「はじめまして、私はアレクと申します。今回のことは自分自身でも下手な対処だったなと思っています。次からは、見つからないようにうまく処理できるように頑張ります」

ゴルドンは、アレクの返答に軽く首をひねったあと、「わかってねぇじゃねぇか」と怒り出す。

「坊主、俺の言っていることを理解していないだろ？　おい、ノックス！　何故一緒にいるか知らんが、元Sランクのくせに、どんな教育しているんだ？」

ゴルドンはノックスがズレた教育を施していると結論付けた。

「俺に言われてもな。それと、お前だから言うが、アレク坊の正式な名前は、アレク・フォン・ヴェルトロだ。その意味わかるよな？」

またも首をひねるゴルドンだったが、ノックスの言葉の意味を理解して慌て始める。

「おいおい！　この坊主……じゃなかったアレク様は……子爵家の跡継ぎなのか？　だが、ヴェルトロ様達は……失礼だが老夫婦だぞ？」

「あぁ、今王都で養子縁組の手続き中だ。ヨゼフ様もカリーネ様も、大層アレク坊を気に入っている。もうすぐしたら正式に御子息へなられたことが発表されるだろう。お前だから言ったが、口外はするなよ」

ゴルドンはどんな顔をしていいかわからず口を開いたままにしていたがすぐにハッとする。

「待て待て、貴族の、ましてや領主様の御子息様なら、今回の対応がかなり変わってくるぞ。あいつら良くて鉱山《こうざん》送りか、悪くて斬首刑《ざんしゅけい》だな……」

アレクは今更ながら、一般人と貴族の扱いが全然違うことを認識し、なるべく大事《おおごと》にしないよう心掛ける必要があると感じた。

「まあ、まだ正式に決まったわけではないからな。あいつらのためにも、復讐を考えない程度に言い聞かせて最低ランクからやり直させればいいんじゃないか？　まぁ、そういうことだからアレク坊をこれからもよろしく頼むな」

ゴルドンは、これから色々起こりそうだなと嫌な予感を抱きつつも、領主様に御子息ができたことを素直に喜ぶ。

そしてアレクに向き直り、頭を下げた。

「アレク様、今後ともよろしくお願いいたします。次冒険者ギルドに来られる際は、今回のようなことがないように取り締まりをしますので、事前にお伝えしていただけると助かります」

アレクは、ゴルドンのその言葉に疑問を覚える。

何故、事前連絡しないと犯罪が起こる可能性がある場所が存在しているのか、と。

「ゴルドンさん、私は正式にはまだ、ただのアレクです。それに、子爵家の一員になったからと言って正式な場以外は最初のような、砕けた感じで構いません。それより、まだヴェルトロ家の名前は出せないので、今から言うことは単なる若輩者《じゃくはいもの》が言っていると思ってください」

アレクはそこで一区切りつけ、一気に喋《しゃべ》り出した。

「事前に伝えろとはどういうつもりですか？　伝えておかないと今回のようなことが頻繁《ひんぱん》に起きるということですか？　普段から依頼に来る市民や今から冒険者になろうと訪れる人達が来やすい場

所にしないと意味がないでしょう！」

立て板に水のように話すアレクの様子に、ゴルドンは呆気にとられていたが、アレクは気にせず続ける。

「それと、正式に子爵家の一員になりましたら、父上に冒険者ギルドの現状を伝えて、ここ数年の冒険者による犯罪歴を全て提出してもらい、改革を進めます。私が動く前にゴルドンさんが手を打ってくだされればありがたいです」

そうしてアレクは頭を下げる。

まさか十歳の少年がこんな風に市民を思いやる考え方ができるなんてと、ノックスも呆然としてしまった。

「おいおい！　アレク坊、天才なのか？　ヴェルトロ子爵家も未来が明るいな。まったくよ」

ノックスはすぐにでもヨゼフにこのことを報告したかった。貴方の養子は立派な貴族になりそうですと。

一方でゴルドンは恥ずかしさでいっぱいであった。

最初にアレクに忠告しておきながら、このギルドがまともではない事実を十歳の少年に指摘されてしまったためだ。

「アレク様、申し訳ございません。正式に調査を行い結果をご報告いたします。その際、ギルド本部との兼ね合いもありますので、悪い結果の場合、どのように対応するかヴェルトロ家とギルドで協議させていただきたいです」

あそこまで言われてしまい、やるしかないと思ったゴルドンは、早急に調査を行おうと決意する。

「ゴルドンさん、ありがとうございます。今以上にこの街を住みやすくしましょう。って言っても、まだ私は子爵家の一員ではありませんけどね。アハハ」

そうして話は終わり、要らないと言ったのにギルマス自ら出口まで見送りをされた。

その三人の姿を見ていた冒険者と受付嬢は、彼らはどういう人物なのかゴルドンに尋ねたが、ゴルドンは頑《かたく》なに真相を話さなかった。

◆◇◆

ギルドから出たアレクとノックスが、雑貨屋に向かう馬車の中で言葉を交わしていた。

雑貨屋までは少し距離があったので、アレクは気になっていたことをノックスに尋ねる。

「ノックス団長、顔と足の負傷は何が原因なのですか？　もし、言いたくないなら話さなくて大丈夫ですが……」

顔の傷をポリポリと人差し指で掻くノックス。

「少し長くなるぞ。冒険者は、こなした依頼の数や難度によって、次第にランクが上がっていく仕組みになっている。ランクはFからSまであり、俺は元Sランク冒険者なんだ。Sランクになると、一つの地域を滅ぼしちまうような災害級、あるいは国を丸ごと滅亡させちまう厄災級《やくさいきゅう》の魔物の討伐《とうばつ》依頼まで舞い込む」

ノックスは顎に手を当てながら、少し苦しそうな表情で話す。

「この怪我をした当時、俺もパーティーメンバーの四人も若く、負ける気がしねぇって理由だけで、特に注意書きも読まずになんでも依頼を受けていた。ある日、いつものようにグリフォン討伐の依頼を受注して、見事討伐はしたんだが、帰りに立ち寄った村に悪魔ルシファーが現れた。依頼に書かれていた、『近辺の村で異変アリ、注意されたし』という文言を見落としていたんだ……」

アレクは『悪魔』という言葉に首を傾げつつも、ノックスの語り口に気圧《けお》され、黙っていることしかできなかった。

悪魔ルシファーははるか昔、冥界より現れ、この世界を支配しようとした強大な悪魔で、一度封印されたのだが、長い時を経て力を蓄え、再び侵略を企てていたのだ。

「村人はなんとか逃がすことができたんだが、壮絶な戦いの末に、仲間三人が死んだ……俺は足を片方失い、無理矢理分不相応な魔法を使って、体内にある魔力を循環させる管である魔力回路が焼け切れてしまった。もう一人生き残った仲間は片腕と両足を失い、今は寝たきり状態だ……と、これが負傷の原因だ。悪いな、英雄譚《えいゆうたん》のような、聞いて楽しい話じゃなくて」

アレクはしばらく言葉を失った。

仲間の死や悪魔の存在、思っていた以上に重たい話だったからだ。ノックスは、義足の膝を擦りながら遠くを見ている。

「すみません。そこまで凄い話とは……さらに突っ込んで聞く話ではありませんが、ルシファーはどうなったのですか?」

アレクはルシファーがどうなったか気になってしまい尋ねる。

「あぁ……ルシファーは倒せたよ。本体は生きているらしいけどな。死に際に、『カルマが溜まった時は、絶望を与えてやろう』と言い残して消滅した。多分人間の体を奪って操っていたんだろうな。あと、ルシファーと交戦したのが俺のパーティーだという話は、ヨゼフ様と国王様と宰相様しか知らない話だ。ルシファーを倒せる冒険者がいるとなれば、他国が俺のことを引き抜こうとするかもしれないからな。他言無用で頼む」

「ノックス団長、軽い気持ちで聞かなきゃよかったと少し後悔しています……でも、ノックス団長とパーティーメンバーがいたから救われた人もいたんですよね。この話は、秘密にしますね。そんな一部の人間しか知らない話を流したりしたら、国家反逆罪になるかもしれないので」

申し訳なさそうにしながらも、冗談を飛ばすアレク。

「個人的には、アレク坊が強くなって、いつでもルシファーを倒せるようになってもらいたいんだけどな。どうだ？　もっと強くなってみないか？」

そこでアレクは、自分が聞いたとはいえノックスがこの話を隠さずにしてくれたのは、アレクに危機感をもって、強くなって人々を守ってほしかったからだと気付く。

そしてノックスの義足を見て、一つの薬を思い出した。

それはカリーネを治した薬、『エリクサー』である。実はアレクは、もしもの時のためにもう一本作っていたのだ。

「ぜひお願いしたいです……少しお伺いしたいことがあります。もし全盛期の状態に戻ったのなら、どうしたいですか？」

自分の可能性を知りたいアレクは、純粋にノックスに訓練をつけてもらいたいとも思っている。

だが、同時にノックス団長の意志も聞きたかった。

ルシファーともう一度戦いたいのか？　戦いたくないのか？　どちらにしても、脚を治してあげたい、アレクはそう考えていた。

「俺はやつと決着をつけたい……この脚を治す術があるなら、もう一度戦いたい。アレク坊とのパーティーも楽しそうだ」

ノックスは上を向いて悔し涙を流す。アレクには見せたくないのだろう。

「ノックス団長、これを何も言わずに飲んでください」

アレクはノックスに『エリクサー』の入った瓶を渡す。

「アレク坊、これは……」

「黙って飲んでください」

ノックスはこれはなんだ？　と聞こうとした口を、アレクに人差し指で塞がれる。

アレクのことだし悪い物ではないと思った彼は、すぐにそれを飲み干した。

次の瞬間、馬車の外に漏れ出すほどの光が放たれる。そして光が収まると同時に、ゴトンと音を立ててノックスの足元に義足が落ちた。

「……俺の足⁉」

足の感覚があることに気付いたノックスは、ズボンの裾を捲り上げて確認する。

「ほ、本当に俺の脚だ……！　うわあああああ……！」

色々な感情が押し寄せて、涙が止まらなくなるノックス。

アレクは、ノックスには話しかけず窓から外を眺めて、のほほんとしている風を装う。邪魔をしないように、ノックスから声がかかるのを待っているのだ。

しばらくして落ち着いたノックスが話し始めた。

「アレク坊、気を遣わせたみたいで悪いな。もう大丈夫だ。そ、それよりもこれはなんだ？　なんで俺の足は治っているんだ？」

アレクは、困惑しつつも嬉しそうなノックスを見て、感情豊かだなと思う。

「母上を治した『エリクサー』を飲んでもらったんだ。俺だけ国家機密を知ったら不公平でしょ？　これ、一応、父上と母上しか知らないからよろしく。あと魔力回路も顔も他の病気も傷も治ってるから」

これはアレクなりの戯《たわむ》れの仕返しだったのだ。

アレクの言葉を聞いたノックスは体をのけぞらせて驚く。

「はぁぁぁ、なんてやつだよ……ってマジで全て治ってやがる……いや、ここはしっかりすべきだな！　アレク様、本当にありがとうございます。私ノックスは、ヴェルトロ家に一生仕えさせていただきたいと、改めて思います」

ノックスが『アレク坊』と言わなくなったのは、アレクを敬《うやま》う気持ちからだ。

そして、現当主がいる中、アレク一人に忠誠《ちゅうせい》を誓うとは言えないため、ヴェルトロ家と言っている。

「かしこまらないで普段のノックス団長でいてください。それより、俺の師匠になってくれる話、父上に了承してもらわないといけませんよね？　今は騎士団長なのですから、俺一人に時間を割《さ》くわけにもいかないでしょう。それに、贈り物を選んでもよいでしょうか？　目的地に着いたみたいです」

そう言いながらもアレクの心の中は、バレるようなスキルの使い方をしてしまったのできっとヨゼフに怒られるだろうな、という不安でいっぱいだった。

◆◇◆

「ノックス団長は、馬車で待っていてください。体の色々な部分が治ったことで、思っていた以上に別人のようになっていますから」

アレクは簡単に説明したが、より詳しく言えば魔力回路が治ったことが影響している。

ある一定以上の魔力を持った者は、うまく体に魔力を循環させることができないと『常時魔力欠乏症《じょうじまりょくけつぼうしょう》』に陥り、顔色が悪くなったり体調不良に陥ったりする。

ノックスはルシファーとの戦い以降その状態になっており、顔色が悪かったのだが、『エリクサー』によって魔力回路が正常な状態に戻ったことで、つややかな顔色になっていた。

「う〜ん……確かに、義足のこともあるし、今誰かに見られると困るか。アレク坊なら護衛なしでも大丈夫だろう」

本来護衛が離れるなどありえないことだが、アレクなら大丈夫だろうと送り出すノックス。

馬車から一人降りたアレクは、目を見開いた。

雑貨屋と言われて来てみたが、アレクの目に入ったのは、イメージしていた街の雑貨屋より大きな規模のお店だったからだ。

アレクが躊躇しながらも中に入ると、カランカランとドアにつけられたベルが鳴り、来客を知らせる。

店内はかなり広く、服飾小物から調味料まで、幅広く色々な商品が置かれている。

アレクが何があるか詳しく見ようとすると、店員の女性が話しかけてきた。

「いらっしゃいませ。何かお探しの物はございますか？」

子供相手にも敬語を使い、馬鹿にしないところに、アレクは教育が行き届いたいいお店だと感じた。

「髪留めとか置いていますか？　予算は金貨五枚まででお願いします」

少年からまさかの予算額が出て焦る女性。しかし、プロとして平常心を装う。

「こ、恋人さんにお渡しされるのですか？　それともお母様にですか？」

そこでアレクは、母上と父上にも何か買おうと思いついた。

「あの～、一人金貨五枚を予算に、使用人の女性と母上への髪留めと、父上への万年筆をお願いできますか？」

店員の女性は、もうパニックだ。

話からして貴族は確定しているが、使用人に対して金貨五枚の贈り物などどうにかしているとしか思えなかった。

「は、はい！　ま、まずは髪留めからご案内いたします」

そのままアレクが案内されたのは、実物を手に取れるコーナーではなく、百種類ぐらいの商品がガラスケースに入って陳列されている場所だった。

だが、アレクには美的センスといったものがなかった。

そんなアレクに、百種類近くの中から選べというのは無理難題である。

「えっと……種類が多すぎて選べません。お姉さんが選んでくれませんか？　使用人は二十代で母は七十代です」

アレクの言葉に、店員は首をひねる。

「う～ん、そうですね……使用人の方には、こちらの《治癒（小）》が付与された物はいかがですか？　手荒れなど、軽い怪我の治りが早くなります。あとこちらの別の商品は、危険を知らせる魔法が付与されておりまして、使用者の魔力を込めて認識させることで、常時発動する仕組みになっています。こちらは金貨八枚と予算より高くなるのですが……いかがでしょうか？」

アレクはそこでようやく、魔法が付与された高級品だからガラスケース入りだったのかと気付く。

そして、薦められた商品は美的センスがないアレクでも、使用人が七十代で母が二十代と店員が勘違いしていそうだとわかった。治癒付きは古臭く、危険察知の方は煌びやかだったのだ。

（少しパニックになっているようだし、仕方がないか……）

アレクは改めて、カリーネとナタリーの年齢を伝える。

「予算は大丈夫なのですが……母が七十代で、使用人が二十代なので、デザインだけ選び直してもらえませんか？」

女性店員は、「えええ！」と驚いた声を上げたあと、「申し訳ございませんでした」と言い、選び直した。

改めて選んでもらった商品はどちらも素敵なデザインの髪留めで、これだったら二人とも喜んでくれると思えた。

次はヨゼフへのプレゼントだ。アレクは再び店員に声をかける。

「万年筆も何か魔法が付与されている物がいいのですが……ありますか？」

せっかくなのでヨゼフにも付与された物を送ろうと思うアレク。

「こちらなどいかがでしょう？　こちらにも《危険察知《きけんさっち》》の魔法が付与されています。ですが、金貨十五枚になります」

最初の提示額からかなり増額してしまったことで、店員の女性は心配そうに商品を提示してきた。

「う〜ん……確かに少し高いですね……でも大切な両親への贈り物ですから大丈夫です。これで足りますか？」

アレクは髪留めと万年筆の代金金貨二十八枚を、女性店員に渡す。

彼女は少年が大金を出したことに驚いて目を丸くする。

「は、はい。少々お待ちくださいぃぃ」

女性店員は慌ててその場で金貨を数え始める。

「二十八枚、確かにいただきました。他に何かお求めの物はございますでしょうか？」

「えっと、今回は以上で大丈夫です。ありがとうございます」

その後、しっかり髪留めも万年筆も綺麗にラッピングしてもらい、アレクは店をあとにする。

「ありがとうございました！　またのお越しをお待ちしております」

入り口までわざわざ出てきて、頭を下げて見送る女性。

アレクも「ありがとうございました」と言って、御者が開けてくれた馬車に乗る。

「ノックス団長、大変お待たせしました。えっ！　凄い汗ですよ。大丈夫ですか？」

アレクが馬車に乗り込むと、ノックスは汗をかいて息を切らしていた。

アレクは何があったのかと疑問に思う。

「ああ、いい物は買えたのか？　汗は、魔力循環をしていたせいだな。十年振りくらいにしたから循環のコツを掴むのに無理をしたんだ。全盛期に戻すにはまだまだかかりそうだ」

体内の魔力回路に自身の魔力を送り込んで循環させるのは、慣れていないとそれなりに体力を消耗する。

ノックスは十年振りに魔力が正常に使えるようになり、ずっと魔力循環をさせていたので疲れてしまったのだ。

「そうだったのですね。心配しましたよ。さっきの薬の副作用かと……買い物は完璧でした。いいお店をありがとうございます」

「おい！　まさか副作用があるのか？」

もちろん『エリクサー』に副作用などない。アレクは落ち着いて答える。

「ありませんよ。ただ薬は完璧ではありませんから。例えば、普段飲んでいる薬がある場合は、新しい薬と相性が悪いこともあるかもしれません。まぁ、今回飲んだ薬は問題ありません。安心してください。かなり貴重ですが、その分信頼できますから」

喜ぶあまり代金をすっかり忘れていたノックスは、アレクの貴重という言葉で気付いて慌てる。

「ア、ア、アレク坊……俺はいくら払えばいい？」

ノックスは先ほどとは違う冷や汗をダラダラ流す。

「ノックス団長、これから俺はノックス団長の前でありえないスキルを使い続けると思いますので、『絶対裏切らない』『ヴェルトロ家の人々を絶対守る』の二つを対価だと思ってください。俺からするとお金より価値がある対価です」

アレクはお金よりもノックス団長と信頼関係を構築した方がメリットが大きいと考えていた。

「そんなことでいいなら一生ヴェルトロ家に……いや、ここだけの話、アレクに忠誠を誓う。帰宅したら先の条件で誓約書を書こう」

ノックスは誓約書まで書こうとするが、アレクは首を横に振る。

「ノックス団長が準備しなくても、ノックス団長の脚が治ったことで、父上が強制的にヴェルトロ家の人達は誓約を結ばせるでしょう」

きっとそうなると思うものの、勝手にノックス団長を治したことは父上に怒られるだろうなと、憂鬱にもなるアレク。

馬車はそんなアレクに構わず、子爵家の屋敷に戻っていくのであった。

◆◇◆

いきなりノックスが普通に歩いて帰宅するわけにもいかないので、アレクは家の門の前で出迎えてくれたセバンにお願いすることにした。

まずは一人で馬車を降りる。

「おかえりなさいませ。アレク様……あれ？　ノックス団長はどうされたのですか？」

「ちょっと、それはあとで説明するので、ひとまずセバンさんに御者を代わってもらって裏口に馬車をつけてくれませんか？　今は理由は聞かないでください。セバンさんだけが頼りなんです」

セバンはそれを聞いて、何も言わずに御者と交代をして裏口に向かう。

アレクは裏口からこっそり部屋に戻り、気持ちを整理してからヨゼフに報告しようと画策《かくさく》していた。

馬車に戻ったアレクは、ノックスに頷く。

「ノックス団長、セバンさんに裏口に通してくれるようにお願いしてきました。このあと、どうなるか憂鬱で仕方ないです」

あの時は意気揚々と治したアレクだったが、今思えば早計だったなと少し悔いていた。

しかし、ノックスはその逆で余裕の表情を浮かべている。

「まぁ、なるようになるだろう」

そう話していると馬車が止まって、セバンが馬車の扉を開ける。

「アレク様、ノックス団長、裏口に到着……んん？　私の見間違いでしょうか？　義足が床に置いてあるにもかかわらず、ノックス団長に足があるように見えるのですが……それに顔の傷まで」

苦笑いを浮かべながら、「ははは……そうですよね。すぐわかりますよね〜」と呟くアレク。

「いや〜その場の勢いと言いますかなんと言いますか。治しちゃいました」

その言葉を聞いて一瞬の沈黙のあと、セバンが叫ぶ。

「えええええ！　って、叫んでいる場合ではない！　すぐに旦那様に報告してきますので、そのままでお待ちください。絶対に外に出ないでくださいね」

二人に釘を刺して、セバンはヨゼフのもとに向かって行った。

「セバンさん、行っちゃいましたね。俺は、父上と会う心の準備がまだできてないのですが……」

計画が完全に破綻《はたん》し、気が気でないアレク。

「嘘偽りなく話せば大丈夫だろう」

その一方で、目を瞑り瞑想する余裕を見せるノックスなのだった。

◆
◇
◆

セバンがヨゼフの執務室に到着する。

そうして彼はノックもせずに執務室を開ける。普通ならありえないことである。セバンは、叱責《しっせき》されることなど頭になくなっている。

「旦那様、ノックス団長の足が、足が生えています」

セバンは慌てすぎて要点だけを言ってしまう。

初めて見るセバンの様子に、ヨゼフは驚きを隠せない。

そして読んでいた書類から目を離し、セバンに声をかける。

「セバンよ、落ち着くんじゃ。深呼吸して何があったかゆっくり話すんじゃ」

ヨゼフの「落ち着くんじゃ」という言葉を聞いて、我に返るセバン。

「旦那様、無礼な振る舞い、誠に申し訳ございませんでした」

セバンは、ノックもせず執務室に突入して、わけのわからないことを口走ってしまったことを謝罪する。

「セバンよ、頭を上げるのじゃ。謝罪はあとからでもできるが、重要な事件や案件は待ってはくれんぞい。それにしても、セバンがそんなに焦るとは、何があったんじゃ？」

ヨゼフはそれまで、セバンが焦るところなど見たことがなかった。

そのため、よほど重要なことなのだろうと感じつつ、「ノックス団長の足が生えた」と聞こえたので、ヨゼフはアレクがまた何かやりおったなと内心ほくそ笑む。

「アレク様が帰宅したあと、すぐに裏口へ連れて行くように言われまして、裏口で馬車の扉を開けると、ノックス団長の足が生えており、顔の傷もなくなっていたのです。そこで、屋敷が騒ぎになる前に、すぐ旦那様へ報告に参った次第でございます」

ヨゼフはやはりアレクだったかと思う。

「セバン、何度も悪いのぅ。また皆を集めるかもしれなくなりそうじゃ。まずは、ワシが馬車へ行き、二人から直接話を聞こうかのぅ」

そう言ってセバンとヨゼフは裏口にある馬車へと向かう。


二人は馬車に着くと、セバンは外を見張り、ヨゼフは馬車の中に入る。

「アレク、またやりおったようじゃな。セバンが慌てて来よったぞ。ほっほっほ、それにしても、本当に治っておるのぅ。ノックス団長、足の具合はどうじゃ？」

アレクは一切怒る様子のないヨゼフに、逆に怖くなる。

「足はすこぶる快調ですよ。それに魔力回路も治りました。全盛期にはほど遠いですが、すぐ戻します。それより、アレク坊……いや、アレク様が勝手に治してヨゼフ様に怒られると思っているみたいです。でもアレク様が私を治したのは、私がルシファーの話をしたことやもう一度戦いたいと言ったことが原因です。アレク様にとっては、良かれと思ってしたことなので、叱らないでやってください。お願いします」

そう言ってアレクを庇うノックス。

ヨゼフはそれをニコニコしながら聞いている。

アレクはすぐに頭を下げた。

「父上、確かに話を聞いて治したいと思いましたが、最初に尋ねたのは俺ですし、治したいか聞いたのも俺です。だから全て俺が独断でしたことです。許可をいただかずに行い、父上や母上、それに子爵家で働く方にまた迷惑をかけることになり申し訳ございません」

ニコニコしながら、ウンウンと頷くヨゼフ。

「二人は随分仲良くなったようじゃのぅ。やったことはどうしようもない。それに、悪いことをしたわけでもない。しかも、本来許可を取る必要があったと反省もしとるから、今後、同じ過ちをしなければよい。だが……使用人や騎士の連中には誤魔化しができなくなったのぅ。アレクよ、お主の力は薬を調合するスキルだと話してよいか？　他のスキルもあるようじゃが、今は話さんでよいじゃろう」

そういえば父上や母上にすら、スキルの内容を話していないと気付くアレク。

「はい！　誤魔化すようで申し訳ないですが、それでお願いします」

「うむ。それとノックス団長、あとで大事な話があるでのぅ。執務室に来てくれんか？」

アレクが頷くと、ヨゼフは急に真剣な顔になる。

実は、密偵からある情報がヨゼフのもとに届いていた。セバンが慌ててやってきた時に読んでいた書類は、それの報告書であった。

ノックスは一体なんだろうと思いつつも、ヨゼフの真剣な顔付きから、いい話ではないと察する。

「わかりました。流石に片足の靴がないまま向かうのは無礼になりますので、靴を履いたら伺わせていただきます」

ノックスは少し冗談ぽく、治った足を上げながら言う。

「それはいかんのぅ。セバン！」

ヨゼフの呼びかけに、馬車の外にいたセバンはすぐ「なんでございましょう」と応える。

「セバン、ノックスに肩を貸して部屋まで連れて行ってやってくれんか？　あと、終わったら皆を集める準備を頼む」

アレクはよくその仕事量をこなせるなと感心する。

「アレクは、すぐにカリーネの所へ行きなさい。会いたがっておったぞ。では解散じゃ」

アレクは、母上がお呼びとはどうしたのだろうかと思いつつ馬車を降りるのだった。

◆◇◆

そのあと、ホールに集められた使用人と騎士に、アレクの〈調合〉スキルでカリーネもノックスも治せたことが、ヨゼフから知らされた。

驚きとどよめきが起こり、同時に将来有望な跡取りが来てくれたとアレクを称賛する声が上がる。

そんな中、メイドの一人――スウェアが、背を向けてその場を去っていったのだが……気付く者はいなかった。


使用人達に報告を終えたヨゼフは、執務室にノックス団長を呼びつけた。

ノックスは緊張した面持ちで部屋の中で立っている。

「ノックス団長、よく来てくれた。まだ足が完璧ではないじゃろ？　ソファーに腰掛けて聞いてくれんかのぅ」

「失礼します」

ノックスが座ると、ヨゼフは早速口を開く。

「今回呼び出したのは、アレクのことじゃ。密偵から、バーナード伯爵家が暗殺者を仕向けたと報告があった。数日後には、子爵領内に入る可能性がある。そこで、ノックス！　一時的ではあるが、騎士団長の任を離れ、アレクの護衛につくのじゃ、片時も目を離すでないぞ。その間はロイス副団長を臨時団長にしようと考えておる」

アレクの養子縁組手続きは王都で行っていたのだが、バーナード伯爵が子飼いにしている役人にバレてしまったのだ。

「ハッ！　全身全霊で任に当たります。命に代えてもアレク様をお守りいたします。それから、ロイスなら臨時とは言わず、そのまま団長でもやっていける人材でございます」

ノックスは、立ち上がって答える。

「ふむ。ノックスは今後はアレクの護衛を務めたい、ということかのう？　であればロイスの件はわかった。後日、ワシから正式に通達しよう」

「では、しっかり準備をして敵に後《おく》れを取らないようにいたします。それで、ご相談なのですが、明日からアレク様の訓練をしてもよろしいでしょうか？　そうすればアレク様を育てながら護衛もできますし、周りには騎士もおりますので、簡単には手を出せないかと」

まだ脚の感覚が戻っていないノックスはベストな状態でアレクの護衛をしたいと考えていた。

「よい考えじゃな。あとで、ワシからノックスの一時的異動と訓練について通達書を出しておくわい。それではノックス、下がってよいぞ」

「ハッ！　失礼いたします」

「あ！　待つのじゃ。大事なことを言い忘れておった。オーガの件じゃが、住処《すみか》は見つからんとの報告じゃったものの、そろそろ森に続く街道の封鎖措置は解いてもよいと思っておる。とはいえ、まだ危機が完全に去ったわけではないから、警戒を兼ねて、騎士数名を街道へ配置してくれんか？」

「了解しました。迅速に部下へ命令いたします。それと、何か発見がありましたら、すぐに報告いたします。では失礼します」

そう言ってノックスが退出したあと、ヨゼフは考え込む。

今回のオーガの襲撃には、不自然な点が多すぎた。

普通であれば魔物の発生源となる魔力溜まりか、オーガの住処がどこかにあるはずだが、見つかっていないのだ。

となれば、何者かがなんらかの手段でオーガを連れてきて襲わせたことになる。

今のところは証拠がなく手の打ちようがないが、気を引き締め直さないといけない。

◆◇◆

一方その頃、アレクはカリーネの部屋を訪ねていた。

「母上、何かご用でしょうか？」

それを聞いたカリーネは、寂しそうな顔をする。

「もう！　アレク、今は二人きりなのよ。そんな堅苦しい言葉は禁止です」

ヨゼフとカリーネは子宝に恵まれず、よく二人で、もし子供がいたらの話をしていた。それで、子供と二人の時は、砕けた言い方で話したいなという願望を口にしていたのだ。

養子ではあるが念願の息子が出来たことで、カリーネはその願望を叶えようと思ったというわけだ。

「う、うん。わかったよ、お母さん」

カリーネの表情がパァーッと明るくなるのを見たアレクは、若い時は綺麗で可愛らしかったのだろうなと思う。

「いいわいいわ。アレクちゃん、可愛いわよ。もう離したくなくなるわ」

アレクをギュッと抱きしめてくるカリーネ。

「お母さん、そういえばお土産があるんだ。いったん離してもらえる？」

離してくれたのはいいが、ズズッと顔を近づけてきて、早く早くという顔をするカリーネ。

「これだよ。開けてみて」

アレクは小さいオシャレな箱を渡す。

カリーネはゆっくりとそれを開け中身を見る。その瞬間、アレクはまた抱きしめられた。

「アレクちゃんありがとう。なんて素敵な髪留めなんでしょう。早速着けてみるわね」

「お母さん待って！　これには、危険を知らせる魔法が付与されているから、先に魔力を注いで本人認証をして」

それを聞いたカリーネは、「まぁっ」と驚きの声を漏らした。

そのあとすぐに手をかざして魔力を注ぎ込み、少しするとカチッと音がした。本人認証が完了した音だ。

「驚いたわ。これ高かったでしょ？」

カリーネは髪を後ろで一まとめにして、髪留めを着ける。

「お母さん、お似合いです。高かったけど、お母さんに危険が迫る方が心配だもん」

それを聞いたカリーネは、また嬉しくなりギュッとアレクを抱きしめる。

アレクとカリーネは、平和なひとときを送っていた。

◆　◇　◆

その日の夜、騎士訓練場にノックスと騎士達は集まっていた。

騎士訓練場とは、屋敷の庭にある砂地で出来た大きめの広場で、騎士達が剣の訓練をしたり、摸擬戦を行ったりする場である。

ノックス団長が全員に呼びかける。

「全員一度集まってくれ」

それを聞いた八十人の騎士が一斉に集まり整列をする。一番前にいたロイス副団長が集まった騎士の点呼を取る。

「団長、ロイス以下八十名全員集まりました」

「ロイス、ご苦労。まずは、森の調査に関わった者は大変ご苦労だった。そして、今回呼んだのはいくつか理由がある。一つ目は、ヨゼフ様より街道封鎖の解除の命令が下った。キース、この報告が終わり次第、すぐに街道警備をしている者に、封鎖を解除するよう伝えてくれ」

キースは真剣な表情で頷いた。

ノックスは言葉を続ける。

「二つ目は、街道警備を交代で行うという命令が下った。後ほど名前を呼んだ者は、すぐに街道に向かってくれ。三つ目は、一時的ではあるが、俺がアレク様の護衛になったということについてだ。

四つ目は、それに伴い一時的ではあるが、ロイスが臨時団長になった。正式通達は後日、ヨゼフ様よりあるだろう」

実際のところアレクの護衛は一時的な任務ではないのだが、混乱を避けるためにノックスは暫定的であるという説明をした。

ノックスの指示に、一人の団員が返事をする。

「街道封鎖解除の件、了解いたしました」

「ハッ！　臨時団長の任、しかと承《うけたまわ》りました」

そう応えるロイスは顔には出さないが、臨時とはいえ、いつか夢見た団長になれたことに内心喜んでいた。

「頼んだぞ！　それでは解散！」

ノックスの号令に反して、誰も解散しようとしない。

ノックスがなんだと思った時である。

「せ〜の！」

「「ご回復おめでとうございます!!」」

団員一人の合図のあと、全員が回復を喜ぶ言葉をノックスにかける。

ノックスは、グッと心に来るものを抑える。部下に泣き顔を見せるわけにはいかないからだ。

「お前ら……ありがとうな。それから、これを治してくれたアレク様は偉大な方だ。ヨゼフ様、カリーネ様は当たり前だが、次期領主アレク様も必ずお守りするぞ」

それを聞いた騎士全員が「オー！」と返事をする。

少しずつだが、アレクの知らない間に色んなことが進み始めているのだった。

◆　◇　◆

アレクはカリーネにお土産を渡したあと、ナタリーの部屋までやってきていた。

「まさかアレク様が訪ねてくるとは思いませんでした。急にどうされたのですか？」

アレクは、ナタリーは慣れない環境でのメイド研修で疲れているだろうから、早く渡して帰ろうと考えていた。

「今日、街に行ったんだけど、これをナタリーに渡そうと思って買ってきたんだ。よかったら箱を開けてみてよ」

そう言われたナタリーは、箱を開けて中を見る。

「え？　髪留めですか？　しかも、かなり高価そうな見た目ですが……私に？」

目をまん丸にして驚くナタリー。

「うん。ずっとお世話になっているお礼だから、着けてくれたら嬉しいな。あと、《治癒（小）》が付与されているから、手荒れの心配もなくなるよ。最後に、ナタリー、いつも助けてくれてありがとう」

ナタリーの目から床に涙が落ちる。

「アレグざまああ……私は、私は幸せ者です……ごんないい子に育っでよがっだです……髪留め、大事にじまずぅぅ」

アレクは、伯爵家で未払いだった給金も少しだけでも払おうとしたが、ナタリーが泣き止む気配がないので後日にしようと思い直した。

また、こんなに喜んでもらえると思っておらず、アレクは焦り始める。

「ナ、ナタリー、泣き止んでくれよ。こんなことで、涙を流されたら、まだまだ返しきれていない恩を返した時、どうなっちゃうのか怖くて返せなくなるよ。だから、貰って当たり前くらいでいてくれ」

「だっでぇぇ、アレグざまの初めでの贈り物ですもん……」

早く帰る予定が、嬉し泣きするナタリーをこのあとも慰めることとなった。

こんなにも思ってくれて、自分は幸せ者だなとアレクは思う。

ナタリーを宥《なだ》め終わったあと、アレクはヨゼフの執務室に行く。

「こんな時間にどうしたんじゃ？」

七十歳を越えているにもかかわらず、外が真っ暗になっても仕事をしているヨゼフにアレクは敬意を抱く。

「お忙しい中、申し訳ございません。父上にこれを贈ろうと思いまして……雑貨屋で買ってまいりました。貰ってくれると嬉しいです」

それを聞いたヨゼフは、すぐに受け取り袋の中を見る。

その瞬間、目尻が下がりきったヨゼフは椅子から立ち上がり、アレクを抱きしめた。

「なんとよい息子を持ったのじゃ。ワシは幸せ者じゃのぅ。早速、今から使わせてもらうわい。それでのぅ……カリーネから聞いたんじゃが……ワシにも、普段は砕けた言葉遣いをしてほしいんじゃ。お父さんと呼んでくれんか？」

カリーネから砕けた言葉で会話したと聞いたヨゼフは、ズルい、ワシもそんな会話をしたい！と思っていた。

「は、恥ずかしいですが……お父さん……」

「ええのぅええのぅ！　もっと呼んでくれんか？」

父と子の会話を望んでいたヨゼフは、喜びを全面に出す。

「お父さん、お父さんとお母さんと一緒にいられて俺は幸せだよ」

「だめじゃだめじゃ。アレクが可愛すぎるんじゃ！　今日は、仕事はやめじゃ！　アレクよ、いっぱい話すぞ」

そのあと、深夜まで父と子の他愛《たあい》もない会話が続いた。

結局、アレクは次の日寝不足になり、魔法が付与された万年筆だということも伝え忘れてしまったのだった。

翌朝、訓練所に呼ばれたアレクは、ノックスに魔力についての訓練を受けていた。

「だから、寝不足なのか……災難？　違うか……この場合なんと言ったらいいのか……それよりも、今日から俺がアレク坊の護衛兼師匠になる。まずは、魔力循環ができるようになってもらう」

ノックスは少し呆れながらも、いつもの威厳を保ちながらアレクに訓練メニューを伝える。

「魔力循環とは、丹田《たんでん》にある魔力炉《ろ》という器官から魔力回路を通して全身に魔力を行き渡らせることだ。これができなければ魔法は使うことはできない。とりあえず、実践《じっせん》あるのみだ。やってみろ！」

アレクは無理矢理座らされて「目を瞑って集中しろ」と言われる。

「それでは俺は自分の訓練メニューをこなしているから、何かあったら話しかけてくれ」

どうやって循環させるのかなど、何も教えてくれないので、アレクは心臓から血液が流れるようなイメージで、丹田から全身に魔力が行き渡るような感覚を掴もうと努力する。

しかし、全くうまくいかないまま約一時間が経過した。

「クソ〜、全然うまくいかない……現実は甘くないな。ノックス団長！　……ってダメだ、聞いてないや」

ノックスは、汗だくになりながらも大剣を自由自在に振り回しており、全く聞こえていない様子だ。

アレクは怒る気は全くない。誰でも体が急に自由に動かせるようになったら、あのような感じになるだろうし、仕方ないよなと思うのだった。

それにしても、かなり重たそうな大剣を、演舞《えんぶ》するかのように振り回す様子は流石元Sランク冒険者だなと感心する。

しばらくそうしていたアレクだったが、ふと我に返る。

「スゲェ〜……ってこうしてる場合じゃないな。あ！　なんで思いつかなかったんだよ。俺にはスキルがあるじゃないか！　〈全知全能薬学〉！」

アレクがスキル名を唱えると、目の前に薬の名前が浮かび上がる。

アレクはボードに羅列された文字から魔力という単語を探す。すると膨大な数の魔力に関する薬が見つかった。

その中で最初に目がいったのが、『魔力増幅薬《まりょくぞうふくやく》』なる物である。さらに、『魔力循環円滑薬《まりょくじゅんかんえんかつやく》』、『魔力回路最適化薬《まりょくかいろさいてきかやく》』という物もあった。アレクはこれが探している物だろうと感づいた。詳しい説明を読んでみる。

魔力増幅薬：一定時間魔力を増幅させる。ただし使用者の魔力量によって変化する。

魔力循環円滑薬：一定時間魔力をスムーズに循環させることができる。
魔力操作をする際にも効果的である。

魔力回路最適化薬：魔力量の最大値が増える。
魔力回路があるべき状態になることで魔法威力も増大する。
成長して回路に変化が生じても、永久に最適化する。

その強力な効果を見たアレクは、驚きのあまり固まってしまう。

だが、すぐさま〈薬素材創造（ＥＸ）〉で素材を出して〈調合（ＥＸ）〉でそれぞれの薬を作る。

「あっさり出来上がってしまった……早速飲んでみよう」

そして三本目、『魔力回路最適化薬』を飲んだところで、体が熱くなり激痛が襲う。

「ぐわぁぁぁぁいぎぎぎぎあぁぁぁぁ」

のたうち回るアレク。

流石のノックスも、アレクの様子がおかしいことに気付き声をかける。

「アレク坊どうした!?　しっかりしろ！」

ノックスの言葉を最後に、アレクの意識は途絶えるのだった……

◆　◇　◆

「ん！　ハァッ……ここは？」

目覚めたアレクが周りを見渡すと、自分の部屋だった。

そして横を見ると、ナタリーが顔に手を当てて涙ぐんでいた。次の瞬間、ナタリーが抱き着いてくる。

「アレク様〜、お目覚めになってでよがっだです〜。意識なぐ運ばれでぎだどぎは、私、どうじたらいいがぁ……わぁぁん」

交代でメイドがアレクの看病をしており、ちょうどナタリーの番であった。

「ごめんナタリー……心配かけたみたいで。俺、どのくらい寝てた？」

アレクはナタリーの頭を撫でて泣き止ませようとする。

「アレク様は、三日間ずっと意識を失っていましたよ。みんな大騒ぎで、特にカリーネ様とヨゼフ様は、定期的に様子を窺いに来ていました。ノックス様も、『クソ！　訓練に身が入らん』と独り言をおっしゃっておりました」

アレクは、最近いい意味でも悪い意味でもナタリーを泣かしてばかりだなと思った。

そして、三日も気を失っていたことに焦り、みんなに迷惑をかけたと申し訳なく感じる。

ただ、両親やノックスが、そこまで心配をしてくれて、嬉しさも感じていた。

「そうか……迷惑かけちゃったな。ナタリー、悪いけど起きたことを父上に知らせに行ってくれないか？」

「はい！　すぐ知らせてきます」

ナタリーが出ていくと、アレクはステータス確認をする。

名　前：アレク・フォン・ヴェルトロ（子爵家養子）
年　齢：十歳
種　族：人間
Ｈ　Ｐ：４００　　Ｍ　Ｐ：１００
攻撃力：３００　　防御力：２８０

素早さ：260　　精神力：220
スキル：全知全能薬学　調合（EX）　薬素材創造（EX）　診断　鑑定
魔　法：なし（四大属性の素質あり）
武　功：レベル2

（なるほど、三日寝ていたにもかかわらずMPが90も上がっているのは薬の力だな。激痛だったけど……そのほかの数値上昇はオーガを倒したことで肉体が強化されたのだろうか。これでまた、『睡眠持続回復薬』を使いながら『成長二倍薬』と『攻撃力成長薬』、『防御力成長薬』、『素早さ成長薬』を使えば、さらなる飛躍が見込めるぞ。でも、こんな子供のうちからドーピングしていて大丈夫か？　副作用があったら泣いちゃうよ）

アレクが自分のステータスを見ながらそんなことを思っていると、ドアがバンと勢いよく開いて、ヨゼフとカリーネ、ノックスにナタリーが入ってくる。

「アレクちゃん、大丈夫なの？　何があったの？　どうしてアレクちゃんがこんなことに……」

凄い勢いで話しかけてくるカリーネに、アレクはたじろいでしまう。

「カリーネ、アレクが驚いておる。ワシも取り乱しそうじゃが、ゆっくり話を聞こうではないか？」

ヨゼフがカリーネを宥めて、アレクの話に耳を傾ける。

「まずは、父上、母上それに、ノックス、ナタリー、心配をかけて本当にごめんなさい。あまりにも魔力循環がうまくいかなくて、スキルで調合した薬を飲んで解決しようとしたら激痛で倒れてしまって……」

『魔力回路最適化薬』は、体内の魔力回路を一から再構築するために激痛が起こるのだ。

骨格をいじって、新しく作り変えるようなものなのである。

「そうじゃったのか。反省しておるようじゃし、今後同じようなことをする時は前もって言ってほしいのう……ワシもカリーネも心臓が止まる思いじゃったわい。それで、薬とは何を使ったんじゃ？」

（父上、優しすぎないか、一発くらい殴られると思っていたのに）

アレクは内心でそうこぼす。そして、優しさに甘えることなく、これからも心配させないようにしようと思うのであった。

「『魔力回路最適化薬』と『魔力循環円滑薬』と『魔力増幅薬』です」

アレクが全ての薬の説明をすると、ノックスが今回の激痛の原因を説明する。

カリーネとナタリーは驚きの表情をする。ヨゼフは頭を押さえて、これはまた大変なことになったぞという表情をする。

「なんていう物を作ってしまったんじゃ。また秘密が増えるわい。他に作った薬はないか？　これ以上驚きたくないわい」

「あの～まだありまして……」

アレクは伯爵家にいた頃に作った、『成長二倍薬』と『攻撃力成長薬』と『防御力成長薬』と『素早さ成長薬』と『睡眠持続回復薬』の説明をする。

「もう……ワシは疲れたわい……世界がひっくり返える物ばかりじゃ。とりあえず、ここにいる者だけの秘密じゃ、いいのぅ？」

ヨゼフの言葉に、みんなが同意する。

少しの間沈黙が降りたが、カリーネがそれを破った。

「アレクちゃん、反省したところで嬉しいお知らせよ。私達は完璧に親子になったわ。国王陛下が認めてくれて、養子手続きが完了したの」

（そういえばさっきステータスを確認したら、アレク・フォン・ヴェルトロになっていたっけ）

アレクはそんなことを思い出し、笑みを浮かべる。

「母上、嬉しいです。やっと家族になれました」

それを聞いたカリーネはすぐに、アレクを抱きしめる。

しばらく続き、長くなりそうだと察したヨゼフが話し出す。

「ゴホン、それでその件でワシが城に呼ばれてな。明後日から六日ほど、屋敷を離れることになっとる。アレクの実家の件、ちゃんと伝えてくるでのぅ。しっかり制裁を与えねばならんからな」

伯爵家からの廃籍の連絡があってすぐに別の家から養子の申請、しかも、陛下が信頼を置くヨゼフからの申し出ということで、気になった国王から呼び出しがかかったのだ。

「父上、ご迷惑をおかけしますが、よろしくお願いします。実家の件は、きっちりと償ってもらいましょう」

「アレクちゃん、また悪い顔になっているわ。いけません」

「ごめんなさい……お母さん」

「もう仕方ないわ。でも、次悪い顔をしたら許しませんからね」

ワザとお母さん呼びをして怒られるのを回避するアレク。段々ずる賢くもなってきている。

そんな中、ノックスはずっとソワソワしていた。それに気付いたアレクが声をかけようとした瞬間、ノックスが急に口を開いた。

「アレク様、私にも薬をいただけませんか？　今以上に強くなりたいのです」

ヨゼフとカリーネの前だからか、かしこまった言葉を使うノックス。

アレクは、なんだそんなことか、という感じで落ち着いてヨゼフに質問する。

「父上、ノックスに薬を渡してもよろしいでしょうか？」

ヨゼフは悩んでいたが、バーナード伯爵家から向けられているという暗殺者のこともあるので、許可を出す。

「アレク、渡してあげてくれるか？　ノックス、あの件が片付くまでは、『魔力回路最適化薬』は使うでないぞい。今寝込まれたら困るからの」

ヨゼフの言葉に、ノックスは頷きながら答えた。

「わかっています。薬を使う前には、アレク様に相談します」

第四章　動き出す影と守る者達

アレクが寝込んでいた間、裏で暗躍する者がいた。

子爵領の街の路地裏で、サイモンと子爵家のメイド女――スウェアが密会していた。

サイモンがスウェアに問いかける。

「あの坊っちゃんの情報は手に入りましたか？」

「はい！　戦闘スキルは持っていないようです。ですが、騎士団長の失った足が治りアレクの護衛になりました。すいませんがこれ以上の情報は……この体で魔法の誓約を結んでいて、それを破ると死ぬ可能性が……」

実は本物のスウェアはすでに殺されていた。

今ここにいるのは暗殺者で、変装スキルでスウェアの顔と体型と声帯全てをコピーしてなりきっているのだ。

しかし誓約を結んでいるのは暗殺者の女本人のため、スウェアの偽物はかなり言葉を選んで情報を伝える。

「なるほど、スキルなしというのは嘘でしたか……それにしても、戦闘スキルでない辺りが怪しいですねぇ。それに、団長が護衛とは面倒です。五日以内に終わらせろとは、あの伯爵も無茶を言いますよ。三日後、夜更けに騒ぎを起こして、騎士もその団長もおびき寄せましょう。その間に、あの坊っちゃんを殺しなさい！　いいですね？」

「ハッ！　かしこまりました」

サイモンはその場を立ち去り、スウェアの偽物は何食わぬ顔で買い物に戻るのであった。

◆　◇　◆

アレクが目を覚まして以降、ヨゼフから外出禁止令が下った。

そして、見張り役としてノックスが部屋に四六時中いる。

変な薬を服用しないように見張るのも目的だが、本当の理由は、暗殺者からアレクを守るためである。

「ノックスさん、何故ずっと部屋にいるんですか？」

「なんでかって？　アレク坊は、すぐ無理をするからな。だから、見張りだ」

「俺ってそんなに信用ないですか？」

「ないな。目を離したら、すぐ変なことをするだろう？　それに、死にかけるしな。わかったなら大人しくしとけ」

ここに来てからのことを思い返したアレクは色々やらかしているし、最終的にぶっ倒れるし、信用されないのも仕方ないかと諦める。

だが、暇なのは確かで、立ち上がって机にある木の器をいくつか用意する。

そして、〈薬素材創造（ＥＸ）〉で必要な素材を創造して、『成長二倍薬』、『攻撃力成長薬』、『防御力成長薬』、『素早さ成長薬』を作り始める。

「おい！　アレク坊、何をしているんだ。もし、ぶっ倒れる薬なら……わかっているよな？」

ノックスは、アレクにググッと凄んでくる。

「ぶっ倒れる薬は、今のところ作りませんよ。昨日話した『攻撃力成長薬』とか『防御力成長薬』とかですよ。なので、ノックスさんも飲んで一緒に鍛えませんか？」

「おお！　それはいいな。俺もずっとじっとしているのは、気が滅入《めい》ると思っていたんだ。もう一回聞くが、飲んだらぶっ倒れるような薬じゃないよな？」

ノックスは興味を持ち、ニヤリと笑う。

（よし！　こっち側に引き込むことに成功した！）

アレクは内心でそうほくそ笑み、作り終わった薬をノックスに渡す。

「大丈夫です、俺はこの薬を飲んだことがありますが、特になんともありません。お腹がチャポチャポになると思いますが、全部大事な薬なので飲んでくださいね。あと、苦いですから一気に飲み干してください」

ノックスはそれを聞いて一瞬躊躇するが、ゴクゴクと勢いよく飲み干す。

「これは……頻繁には飲みたくないな。で、このあとは、どうしたらいいんだ？」

あまりの苦さに、顔をしかめながらノックスが言う。

アレクも薬を作って全て飲み干し、ノックスと同じように顔をしかめながら話す。

「この後は、筋トレ……え〜、鍛えたらいいです。例えば、こんな感じです」

筋トレと言っても通じないと思われたので、アレクは腕立て伏せをしてみせる。

「それは、腕と胸の筋力が増えそうだな。騎士の訓練に追加するか」

そう言って、二人で夜遅くまで筋トレを続けた。

その間、何度か食事を持ってナタリーがやってきてくれたのだが、汗だくで変な動きをする二人を見て見ぬフリをするようにして、食事だけ置いて、ゆっくりドアを閉めるという事件があった。


それから二日が経ち、ヨゼフが王都に行く日がやってきて、やっとアレクの外出許可が下りた。

「皆の者、ワシがいない間、屋敷を頼んだぞ。それと、カリーネとアレクのことも頼んだわい。アレク、行く前に抱きしめさせてくれんかのぅ」

「はい！　父上」

アレクが近寄ると、ヨゼフは力いっぱいに抱きしめて「行ってくる」と言う。

「父上、いってらっしゃいませ」

「あなた、気をつけて行くのよ」

「旦那様、いってらっしゃいませ」

アレク、カリーネ、ノックスが、馬車に乗り込んで出発するヨゼフを見送る。護衛には、ロイス臨時団長以下十五名が付いていった。

◆　◇　◆

話は少し遡る。

ヨゼフが別れの挨拶をしている時に、ロイスとノックスは暗殺者について話していた。

「ノックス団長、あれの件で今少しいいですか？」

ノックスに近づき、小声で話すロイス。

小声なのは、ロイスの言う『あれ』――暗殺者のことをアレクに知らせたくないとヨゼフが言ったからだ。

「ああ、構わないが、今はお前が団長だ。俺はノックスでいい」

「では、ノックスさん、そろそろあれが領内に入っている頃だと思うので、〈気配察知〉に長《た》けた者を五名、交代で配置しています。ですが、くれぐれもお気を付けください」

さん付けも変だなと感じるノックスだったが、そこには触れずに、そろそろ来るであろう暗殺者のことを考える。

「そうか……アレクも災難だな。こっちは全盛期に近くなった俺がいるから安心しろ。それより、ヨゼフ様が狙われる可能性もあるからな。そうだ、アレクからお前に渡すよう言われたものだ」

ノックスはそう言って、薬の入った瓶をロイスに渡す。

「赤が回復ポーションで、白はどうしようもない時にロイス自身に服用してほしいって言っていたな。あと、白を服用したあとは、必ずすぐに赤の回復ポーションを飲むようにということだ」

白はなんなのかあえて秘密にするノックス。ノックス自身は絶対に飲みたくないと思っている。

「団長、じゃなかった、ノックスさん、全盛期に近いって誰も敵わないですね。それを聞いて安心しました。アレク様にはよろしくお伝えください。では、行ってまいります」

ノックスを相手にする敵が可哀想だと感じるロイス。

「おう。気を引き締めて行ってこい」

ロイスのことを信頼しているノックスは、多くは語らず見送るのだった。

◆　◇　◆

ヨゼフを見送ったあと、アレクと部屋に戻るノックスのもとに、部下の騎士二人——キースとハイネ——が慌てながらやってくる。

「ノックスさん、いいですか！」

そんな二人の様子にノックスはすかさず何かあったと気付く。

「キース、アレク坊を部屋まで送れ。絶対に渡すなよ……それから、ハイネ、何があった？」

アレクは何か聞こうとしたが、ただならぬ雰囲気だったのでキースに従って部屋に戻る。

アレクが見えなくなったところで、ハイネが口を開く。

「〈気配察知〉に十人引っかかりました。場所は屋敷の門です。今何名か騎士が向かっています」

「わかった。ハイネはカリーネ様の護衛に回ってくれ」

流石に、屋敷の中までは辿《たど》り着かないとノックスは思っているが、念のために護衛についてもらう。

「ハッ！」

返事をしてそのまま、カリーネの部屋へと向かうハイネ。

ノックスも侵入者がいるであろう場所に向かう。


その頃、門では、真っ黒な服を全身にまとった集団が侵入していた。

「お前達、暴れてきなさい」

サイモンが部下に指示を出すのと同時に、〈気配察知〉で気付いた騎士達がやってくる。

「待てよ。俺達の相手をしてもらわねぇと先には進めないぜ。俺は臨時副団長のマイクだ。ロイス臨時団長から死んでも行かせるなと言われていてな。お前、名はなんという？」

集団がバラバラに移動しようとしたところに一対一の形で阻む。

「面倒なことを……お前達、このクズ共を瞬殺しなさい。それと、今すぐ死ぬアナタに名乗る必要もないでしょう。アナタは特別に私が相手をしましょう。《氷刃《アイスカッター》》」

サイモンがそう唱えると、氷の刃がマイクに飛んでいく。

「チッ、《火壁《ファイアウォール》》！　《火弾《ファイアバレット》》!!」

マイクは、《火壁《ファイアウォール》》という魔法で火の防御壁を構築して《氷刃《アイスカッター》》を防ぐ。そしてすでに

《火弾《ファイアバレット》》を発動して、十個ほどの火の弾丸をサイモンに放った。

だが、サイモンは手に持っているナイフで、それらをいとも簡単に切り裂いて打ち消す。

「こんなものですか？　ならこれなどいかがでしょう？　《風槍《ウインドランス》》！　《氷槍《アイスランス》》！　《水槍《ウォーターランス》》！　《炎槍《ファイアランス》》！」

それぞれの属性をまとった魔法の槍がマイクの四方から襲いかかる。受けきれないと悟ったマイクは頭上に高くジャンプする。だが、サイモンは逃す気はさらさらなかった。

「アナタは、これで終わりです。《螺旋炎《スパイラルフレイム》》！」

サイモンは基本の四属性を応用した上位属性の炎魔法を放つ。

上位属性とは、炎・雷・氷・空間の四つの属性を指し、基本の四属性より習得の難度が高いが、魔法の威力も強くなる。

「クソ！　上位属性は反則だぜ……みんな、あとは頼む……」

マイクは諦めかけるが、そこにある人物がやってくる。

「諦めるのはまだ早いよな、マイク！　どりゃあああ！」

螺旋状に飛んでくる炎を大剣で一刀両断するノックス。

一刀両断された炎は、威力が弱まり火の粉となる。

「ノックス団長⁉」

「マイク、俺は団長じゃ……今はいいか。アイツの相手は俺がするから他のやつを助けてやれ」

ノックスは、マイクでは荷が重い相手だとわかり、マイクをサイモンから引き離すことにする。

「は、はい、わかりました」

マイクはすぐに離れようとするが……

「《炎烈弾《ファイアリーバレット》》！」

援軍に向かおうとしたマイクに、サイモンが放った無数の超高温の弾丸《だんがん》が襲いかかる。

「《水連弾《ウォーターリーガンバレット》》！」

しかしノックスがすかさず、無数の水弾を放ち炎の弾丸にぶつけて相殺《そうさい》した。

蒸気が辺り一面に立ち込めて真っ白になり視界を奪い、その隙にマイクは、仲間のもとに向かう。

「何故、下位属性の魔法に私の《炎烈弾《ファイアリーバレット》》が打ち消されるのですか⁉」

まさか打ち消されると思っていなかったサイモンは焦り、注意がおろそかとなる。

「格の違いと慢心《まんしん》だバカ野郎！」

視界が晴れる前に、ノックスはサイモンに近づき大剣を振り下ろす。

気が緩んでいたいたサイモンは、反応が遅れて避けそこなってしまい、斬られた腕から血を流す。

「やるな！　咄嗟に体を捻って急所を外して《氷守護《アイスプロテクト》》でガードしたのか」

ノックスは、確実に仕留めたと思っていたが、サイモンも実力者であり無理矢理体を捻って避けながら魔法を使い、急所だけは守っていた。

「はぁはぁはぁ……クッ……確かに慢心していたのかもしれませんね。ですが、私は時間を稼ぐのが目的でしてね。今頃、可愛い坊っちゃんは八つ裂きでしょう」

サイモンが言い終えた瞬間、ドガーン‼　と大きな音がした。

二階の屋敷の壁が破壊されて、人が降ってくる。地面に叩きつけられた人物はピクピクとして虫の息だった。

「なんかピクピクしているが、お前の仲間か？」

叩きつけられたのは、メイドだった。しかしナイフを持ち、顔の変装がずれて下の本来の顔が見えていた。

それは先日サイモンと話していた女であり、アレクの暗殺が失敗したことを意味していた。

それを見たサイモンは焦り、ノックスに向かって魔法を乱発する。

「《爆発《エクスプロード》》！《爆発《エクスプロード》》！《爆発《エクスプロード》》！《爆発《エクスプロード》》！《爆発《エクスプロード》》！」

ノックスの体を爆風が襲うが、あえて避けずに全てを受ける。

《爆発《エクスプロード》》の影響で、ノックスのいた辺りに白煙が立ち込める。

「はぁ、はぁ、はぁ……フフフ、これを食らって生きているやつなどいるはずがありません」

まともに当たるのを見ていたサイモンは勝利を確信する。

しかし……

「勝手に人を殺すなよ。ちょうど体のコリが取れていい爆発だったわ。それと、もう少し遊んでやりたいが、アレク坊が心配なんでな、そろそろ終わりにしようか？」

「なっ、ありえない！」

サイモンは思わず叫んだ。

煙が晴れると、何もなかったかのように平然としているノックスがいたからだ。

「何故だ、何故死なないんだ！」

焦りからサイモンはさらに取り乱す。

「何故って？　俺とお前じゃ次元が違うんだよ。じゃあ終わりにしよう。《重力拘束《グラビティバインド》》」

ノックスが使ったのは上位属性の空間魔法の一つで、重力を操る強力なものだ。

重力による拘束で、サイモンは地面に這いつくばる。逃げようともがくが動くことができない。

ノックスはとどめを刺すべく、サイモンに向かって歩いて行く。

ちょうど、マイクの方も侵入者を全員倒したようで近づいてきた。

「ノックス団長、向こうも片付きましたが、死傷者が多数出ております」

「すぐに、捕まえたやつを……」

そこまで言うとノックスは、何故か急にマイクを掴んで、サイモンから離れる。

その直後、サイモンがいた場所に雷のようなものが放たれてサイモンは蒸発した。

「惜しかったなぁ、もう少しで君達も巻き込めたのに。それにしても、サイモンを追い込むくらい強いのかぁ。グヘヘ……あぁ危ない危ない、我慢しないと。あの方に怒られちゃうよ」

ノックスが声のする方向に目をやると、見た目は少年だが、サイモンとは比べ物にならないほどの力を感じる敵がいた。

「何者かは知らないが、口封じにでも来たのか？」

ノックスは余計な挑発はせずに、当たり障りのないことを言う。

「せいか〜い。組織のことがバレるのは困るんだよね。だから、死んでもらうよ、《光連弾《レイズバレット》》！」

無数の光の弾丸が拘束されている敵に放たれる。

「《絶対防御《アブソリュートバリア》》」

先ほど屋敷から降ってきたメイドに、ノックスがバリアを張る。見事に、《光連弾《レイズバレット》》を無効化する。

「へぇ～防げちゃうのかあ。本当に殺《や》り合いたいよぉ～、ゾクゾクしてくる……っていけないいけない。今回君達は、暗殺ターゲットになっていないから見逃してあげる。それじゃあ僕は帰るよ。また、どこかで会おうね。バイバ～イ」

そう言うと空間魔法の《転移《テレポート》》を発動して去っていく少年。

「ノックス団長、逃してよかったのですか？」

マイクがノックスに尋ねる。

「お前、明日から鍛え直しだ。この状況とあの少年を見て、その発言をするなんて、隊を率いる者として心配になるぞ」

あの少年は、かなりの力を持っていた。もし本気で殺《や》り合っていたら、ノックスとマイクの二人がかりでも勝てていたか怪しい。

それに気付かないマイクが心配になるノックス。

マイクは、そんなことを言われると思っておらず言葉が出ないでいた。

「マイク、いつまで呆けている、軽傷者にはポーションを飲ませて、重傷者を運ばせろ。あと〈気配察知〉ができるやつがいれば警備に回せ。マイクは、このメイド女を責任持って牢にぶち込んどけ。絶対に死なせるなよ。俺はアレク坊の所に行く。あとの指揮は任せたぞ」

◆　◇　◆

少し時間は遡り、門の襲撃があった頃に戻る。

カリーネとセバンは、とある部屋にいた。騎士が二人、ドアの外で見張っていた。

「奥様、この中にいれば安全でございます。何があろうと出てはなりませんよ」

セバンがそう言い本棚をスライドさせて隠し部屋を見せ、カリーネをそこに入らせる。

「セバンはどうするのかしら？」

「私のことはお気になさらず、奥様やここの者達を守るのも執事の仕事ですから。それに、私が元々何をしていたか、奥様はご存知のはず」

その言葉にカリーネは、セバンがとある事情で高い戦闘力を持っていたことを思い出す。

「わかったわ。その代わり、死んだら許しませんからね。筆頭執事のあなたがいなくなってしまっては、ヴェルトロ家は回りません。それに、大事な家族なのですから」

セバンがいなくなってしまっては、資産や使用人の管理など、幾多にわたる業務が滞《とどこお》ってしまう。それに、長年一緒に生活をしているカリーネは、セバンのことは執事といえど本当の家族だと思っている。

そんな話をしていると、ドア前が騒がしくなる。

「奥様にそう言われては、まだまだ死にきれませんな。少し外が騒がしくなってきたようなのでお閉めいたします」

セバンは本棚を動かしてカリーネを隠す。そして、着けていた白い手袋を外して、新しく黒い手袋をする。

「久々に血が騒ぎますな。老兵の恐ろしさをわからせてあげるとしましょう」

ドア前はより騒がしくなり、剣のぶつかり合う音が聞こえる。

平然とドアを開けるセバン。そこには、二人組の暗殺者と相対し負けそうになっている騎士二人がいた。二人ともなんとか耐えているが、あちこち傷だらけで立っているのも精一杯だった。

騎士の一人が気付いてセバンに言う。

「ハァハァ……セバンさん、出てきてはダメです。早くお逃げください！」

必死にセバンを逃がそうと剣を再度強く握り締める騎士だが、暗殺者が逃がすわけがない。

「おいおい。そんな体でどうするつもりだ？　ジジイはあとでゆっくり殺してやるからそこで待ってろ」

暗殺者の二人が、息も絶え絶えの騎士二人に斬りかかる。体が動かない騎士二人は死を悟り目を閉じるが一向に斬られた感触がない。

騎士が目を開けると、首のない死体が二つ転がっていた。彼らは、どういうことなのかわからずパニックになる。

何が起きたのか。それはセバンが高速で動き二人の暗殺者の膝の骨を折ったのだ。

そしてバランスを崩したところにパンチをして、暗殺者を吹き飛ばした。

「少々力を入れすぎましたな。久しぶりの戦闘で興奮していたのかもしれませんね。それでは、屋敷のお掃除をしましょうか。あなた達は、ポーションを飲んでここを守ってください。頼みましたよ」

騎士にポーションを渡し、顔に付いた血をハンカチで拭きながら優雅に去っていくセバン。

二人の騎士は、ポカーンとして見送るしかなかった。


部屋を一つ一つ開けて、屋敷の中をシラミ潰しに探す暗殺者がいた。

「あなたは、そこで何をしているのですか?」

セバンにそう声をかけられた暗殺者は一瞬焦るが、現れたのが老人だとわかるとニヤニヤし始める。

「じいさん、驚かせるなよ。生き残っているやつらの場所を教えてくれないか? そうしたら、じいさんは見逃してやるよ」

暗殺者は明らかに嘘とわかる言葉を並べる。

「それよりも、あなたはあちらにいた二人の方よりお強いですかな? あの二人はあまりにも呆気なかったのでね」

暗殺者は、セバンの言葉の意味を掴みかねているようだった。

「じいさん、恐怖でおかしくなったのか? お前にあの二人が殺せるわけないだろうが。まあいい、楽に死なせてやるからよ。動くんじゃねぇぞ」

暗殺者はナイフを投げてくるが、セバンは全て手で払い落とす。

さらに、ナイフを目くらましに踏み込んできた暗殺者の剣目掛けて拳を打ち込む。剣が見事なまでに真っ二つに折れる。

「えっ？　は？　じいさん、何をした？　どうやって折りやが……あがぁ!!　やめろ、離せクソが……」

暗殺者の頭を鷲掴《わしづか》みにして持ち上げるセバン。

「《支配《ドミネイト》》」

情報を聞き出そうと精神支配系魔法《支配《ドミネイト》》を使うと、暗殺者の男は一瞬にして従順になった。

「なんでもお聞きください」

大人しくなった暗殺者を問いただすセバン。

「あなた方の目的は？」

「屋敷にいる人間を殺すことです」

「屋敷への侵入者は何人ですか？」

「元々潜入している者を除くと四人です」

それを聞いたセバンは、暗殺者の頭を握り潰す。

そして、一番気がかりな、使用人達がいる部屋に向かった。

セバンが部屋に着き扉を開けると、ハイネが足元に吹き飛ばされてきた。セバンがハイネを抱えて壁際に座らせる。

「やはりここでしたか。少しの間お待ちください。すぐに倒しますから」

「これはめんどくせぇのが現れたな。ジジィ、何者だ？　相当強いだろ？」

セバンがハイネを起こすという隙を見せたにもかかわらず一切襲ってくる様子もなく、さらにはセバンの実力まで見抜く強者だ。

セバンも、今までのやつとは違うと感じるが、ただそれだけのこと。

「この屋敷の執事を任されております、セバンと申します。昔、武術を少しばかりかじった程度の老いぼれにすぎませんよ」

「楽しませてくれよジジィ。《身体強化《フィジカルエンハンス》》、〈獅子奮迅《ししふんじん》〉」

《身体強化《フィジカルエンハンス》》の魔法を使い身体能力を上げ、さらに攻撃力と素早さが増す〈獅子奮迅〉のスキルを使う暗殺者。

ちなみに魔法とスキルの違いは、魔力を込めて発動させるものが魔法で、それに対してアレクの〈全知全能薬学〉のように、魔力を必要としない、体に備わった能力がスキルと呼ばれている。

暗殺者は凄いスピードでセバンに迫る。

「《身体強化《フィジカルエンハンス》》、〈疾風迅雷《しっぷうじんらい》〉」

セバンも《身体強化《フィジカルエンハンス》》と〈疾風迅雷〉を使い、体に雷を纏い素早さを上げる。

セバンの体からは紫《むらさき》の稲妻《いなづま》がビリビリと出ていた。

二人共、常人では見えないスピードで拳や蹴りを交える。

だが、不意にセバンは攻撃を止めた。

「おらおら、どうした？　まだまだ行くぜ」

セバンは防御に徹し始める。腹に暗殺者の拳が当たり「ウッ」と声を出す。

だが、防御をやめることはしない。相手は調子に乗って殴り続けてくる。

「ジジィ、そろそろ本気出さねぇと死ぬぞ！」

「それでは、お言葉に甘えて反撃しましょうかね」

セバンは突然そう言うと、相手の腹と顔面と喉に拳を食らわす。

「ぐわあ!!　ゲホゲホ……」

喉を潰された暗殺者は、まともな声を出すことができない。

それでも殴りかかるが、先ほどまでの攻撃力も素早さもない。

何故なら、セバンが微弱な雷を纏っていたせいで、彼の体には徐々にダメージが蓄積していたからだ。これがセバンが攻撃を止めた理由である。

そのあとは、セバンが暗殺者をボコボコに殴り飛ばす。

最後は、胸を突き破り心臓を握り潰した。

「また殺してしまいました……自制心を保つことができないとは、一から鍛え直さねばいけませんね。それより騎士の方にポーションを飲ませねば」

セバンはハイネに駆け寄りポーションを飲ませる。

回復したハイネにここを任せて、カリーネのもとへ戻るセバン。

無事に暗殺者を鎮圧した後日、一部の騎士からセバンの武勇伝が語られるのであった。

◆　◇　◆

時は再び、アレクがキースに連れられ自室へ戻った頃。

「キースさん、渡すなと聞こえたのですが、俺のことですよね？　もしかして伯爵家からの刺客ですか？」

アレクは皆が慌ただしくしているのには、伯爵家が関係していることを察していた。

「アレク様、キースと呼び捨てで構いません。それと、このことは機密事項になっておりましてアレク様でも……申し訳ございません」

(機密ということは、父上が口外禁止にしたということか……キース達の慌てようからすると、敵が侵入してきたんだな)

アレクはそう予想し、敵襲に向けて心構えをする。

「キース、わかったよ。それより母上とナタリーは大丈夫なの？」

「はい！　カリーネ様には、護衛の騎士が二人付いて隠し部屋に隠れてもらっています。ナタリーさんは、他のメイドと一緒に一箇所に集まるように誘導して、部屋前で護衛が待機しています。ですので、ご安心ください」

正直、安心はできないが、今は何も言えない。アレクはこれが解決したらノックスと防衛について話すべきだなと考えていた。

「それなら安心だね。騎士のみんなを信頼してお任せするよ。俺は、部屋にいるから護衛よろしくお願いします」

騎士のプライドをわざわざ傷つける必要もないので、あえて言わない。

「お任せください。ネズミ一匹通しません」

それを聞いたアレクは、頭を下げて自分の部屋に入る。

「〈全知全能薬学〉」

部屋に入ったアレクは、スキルを発動させる。侵入者から身を守る薬を探すためだ。

「何か、体を硬化させる薬でもあればいいんだけど……」

アレクはそう言いながら目の前の画面を操作する。そして一つの薬を見つけた。

外皮金剛薬《がいひこんごうやく》：体を三十分間ダイヤモンドの硬さに変える。
必要素材は食用ダイヤモンド・ダイヤモンドドラゴンの血・結合剤《けつごうざい》。

「やっぱりあった。でも相変わらず副作用のことが書いていないな……異世界転生ものの定番みたいに教会に行けば女神様に会えるのかな？　もし、会えるなら副作用も記載してもらえるようにお願いしたいな。〈薬素材創造〉」

そんなことをぼやきながら、アレクはスキルを使って必要素材を創造する。

「〈調合〉」

素材が揃い、アレクがスキルを使うと、『外皮金剛薬』が完成する。

「完成したけど、これ飲んでも大丈夫かな？　そもそも人間が飲んでいいのか？　それに、食用ダイヤモンドってなんだよ」

そんなことを考えていると、バタンと外で大きな音がした。

その直後、トントントンとドアをノックされる。

「アレク様、キースです。一名侵入者を撃退いたしました。ここは、バレているようなので場所を移りたいと思います」

今の音は、侵入者を倒した音だったのかと納得するアレク。

「わかりました。今行きます」

一応、『外皮金剛薬』は飲んでおくかと思い、アレクはドロッとして飲みにくい薬を飲み干した。

そして、ドアを開ける。最初に目に入ったのは横たわる……

◆　◇　◆

アレクが薬を閲覧していた時、部屋の外ではキースが剣を抜いていた。

どこからか靴音が聞こえたからだ。

「そこで止まれ！　何者だ！」

そこに現れたのは、子爵家のメイド、スウェアだった。

「キースさん!?　剣を抜かれてどうされたのですか？　アレク様に何かあったのですか？　それに、皆様がどこにもいないのですか」

キースは、見慣れたメイドであったので、安心して剣を収める。

それを見たスウェアは、キースに近寄る。

「賊が侵入して、みんな一箇所に集まっている。君も今すぐに行った方が……」

そこでスウェアに変装していた暗殺者の女は、キースの首をナイフで切り裂いた。

鮮血が噴き出し、壁や床一面に血が飛び散る。

消え入りそうな声でキースが最後の言葉を発する。

「……ア、アレク様早くお逃げください」

女はナイフに付いた赤い血を舐めて、顔を上気させる。

女はドアを三回ノックする。そして変装スキルを用いて、キースの声色で部屋の中のアレクに話しかけるのだった。

◆　◇　◆

時はアレクが部屋のドアを開けた瞬間に戻る。

ドアを開けてアレクが見たものは、鮮血が飛び散った壁と血溜まりができた床だった。

そこには、先ほどまで話していたキースが横たわっていた。

あまりの非現実的な光景と、さっきまで話していた人物の悲惨な状態に、アレクはパニックになり、その場で座り込んで、頭を抱えて泣き叫んでしまう。

「うわあああ！」

キースを殺した暗殺者の女は、そんなアレクの姿を見て、興奮しながら話しかける。

「あ～ん……いいわいいわ。その表情、堪らない。そこにいる……キースだったかしら？　最後までアナタに逃げろと言っていたわよ。でも残念……それは叶わないわ。アナタは一体どんな表情をして死んでくれるのかしら？」

アレクの耳に女の声は一切入っていない。この非現実的な光景を前に悲観することしかできないでいる。

それに対し、激昂する女。

「ちょっと、聞きなさいよ！　はぁ、つまらないわ、所詮はガキってことね。楽に死ねると思わないでね、依頼者は苦悶の表情をご所望なの、お気の毒様」

女はアレクの手を掴んで指へとナイフを振り下ろす。

しかし――そのナイフはアレクを切り裂くことなく弾かれた。

「どういうことよ？　何よこれ？」

そのあと、即死する急所を狙って切りつけるが弾かれる。しまいにはナイフが折れてしまった。

この時、なかなか上がらなかったアレクの精神力が５００へと一気に上昇する。

そのおかげで冷静さを取り戻したアレクは小さく呟く。

「武功、《身体強化《フィジカルエンハンス》》、《風圧《エアプレス》》」

アレクは目の前の女を睨みつける。憎悪の対象としか見えていない。

女はお構いなくキースの持っていた剣を奪い、アレクへと振り下ろそうとする。だが、体が強風に押され動かない。

「ぐっぐっな、何よこれ」

二日間部屋で療養している時に、ノックスから教えてもらった風魔法の《風圧《エアプレス》》――風による圧力で相手を動けなくする魔法――で、アレクは敵の自由を奪う。

さらにもう一つ、習えば誰でも使えるようになる《身体強化《フィジカルエンハンス》》を発動する。

「よくもキースを！　お前は絶対に許さない」

アレクは、固まって動けない暗殺者の女の顔面と腹を殴る。

アレクの武功で強化した拳と、《身体強化《フィジカルエンハンス》》でパワーアップした肉体、それにダイヤモンドの硬さの皮膚で、女はかなりのダメージを受ける。

女の顔は血だらけになり、肋骨も折れる。女は流石に膝を突いてしまった。

「ぐはっ……私の顔を……許さない、八つ裂きにしてやるわ。《多弾氷礫《マルチプルアイスペブル》》」

《氷弾《アイスバレット》》より大きい氷の石が無数にアレクへと飛んでいく。

アレクの素早さでは避けきれず、全弾命中する。

「はぁはぁはぁ、私の顔をこんなにした罰よ。まだまだ終わりじゃないわ。《多弾氷礫《マルチプルアイスペブル》》」

終わることのない攻撃がアレクに当たり続ける。

アレクの周囲には、霧のようなものが出来上がっていた。

殴られた影響と上位魔法を連発したことで、女は疲れを見せ始める。

「ぐはぁ、クソ……完全に肋骨が折れているわね。でもこれであのクソガキもあの世行きよ。苦しんでいる顔が見られないのが残念だけど」

少しずつ霧が晴れていくと、そこには平然と立つアレクの姿があった。

アレクは手に二本の瓶を持っており、それを一気に飲み干した。

「どういうこと⁉　なんで平然と立っているのよ……アンタ何者なの⁉」

無言のアレクが、女には見えないスピードで近づき無限に殴り続ける。アレクが飲んだのは『攻撃力向上薬』と『素早さ向上薬』だった。五分しかないその時間でアレクは女を殴りまくる。

「グハッ！　ヤメでぇ～、お願い……グフォッ！」

今のアレクは、冒険者で言えばSランクに匹敵する攻撃力を有しており、殴り続けられた女は、既に再起不能状態になっている。

「これで、終わりにしよう」

アレクが渾身《こんしん》の一撃を女に食らわせると、女は二階の壁を突き破り庭の地面へと落下する。

その開いた穴から外を眺めると、ノックスや騎士が戦っていた。

アレクは加勢に向かおうとするが、体が動かず、そのまま倒れて動けなくなってしまった。

◆
◇
◆

庭からアレクのもとへと向かうノックスは屋敷の状況を確認しながら進む。

屋敷は壁が破壊されていたり、魔法での焦げ跡が付いたりしていた。庭も穴や戦闘での悲惨な跡が残る。

屋敷の外では非番であった騎士も駆けつけて、野次馬が近づかないように対応していた。

階段を駆け上がりアレクの部屋の廊下を見るノックス。血しぶきや血溜まり、崩壊したドアや壁のへこみなど、戦闘の凄まじさが見て取れた。

「こいつは酷いな……クソ！　キース！」

ノックスが目を向けた先にはキースの死体が横たわり、周囲には血溜まりができていた。

キースは片腕をアレクの部屋に伸ばして、凄まじい形相《ぎょうそう》をしている。

ノックスは、キースを仰向けに寝かせて目を瞑らせる。そして、自分の上着をキースの顔にかけた。

「キース、よく戦ってくれた。あとでしっかり弔《とむら》ってやるからな。少しだけ待ってろ」

ノックスは立ち上がると、周囲を見渡す。

そして横たわるアレクの姿を見つけて、すぐさま駆け寄った。

「アレク坊、大丈夫か？」

「はい……ポケットに入っている薬を飲ませてくれませんか？　無理をしすぎました」

アレクのポケットから薬を取り出し飲ませるノックス。

傷付いた体が癒えたアレクは体を起こす。

その時、アレクは上着をかけられたキースの死体を目にし、あれは現実だったのだと改めて思い知らされる。

「……ノックスさん、俺、キースを守れなかった……キースに薬を渡していたら死なずに済んだかもしれないのに……どこかで甘えてた……余裕で終わるんだって……わぁぁぁぁん」

部屋に向かう途中に回復薬か強化薬を渡していたら、キースは死なずに済んだはずだ。

これでは自分がキースを殺してしまったようなものではないか？　そう考えるアレクの目からは、大粒の涙がこぼれている。

そこで、バチンッ！　と鋭い音がした。

ノックスがアレクの頬を平手打ちしたのだ。

「自惚《うぬぼ》れるのも大概《たいがい》にしろ！　キース以外にも今回のことで、死んだり重傷を負ったりしている者がいる。全てお前が背負い込むのか？　お前がこれから死ぬ者を全て救うのか？　バカも休み休み言え！」

突然殴られ、叱責《しっせき》されているアレクは、混乱で声が出せなくなる。

そんなアレクに構うことなく、ノックスは諭《さと》すように続ける。

「なぁアレク坊、騎士や王国騎士や王国守備隊など、全ての兵士はみんな覚悟を持ってその職に就《つ》いている。今回も、騎士の連中は次期当主様を死んでも守ると言っていたんだ。そんなやつらの前で、今みたいに泣きべそかいて、俺の責任でしたって言うのか？　もし、同じことを繰り返したくないなら強くなれ！　薬は手段でしかない！　お前自身が強くなって守るんだ。わかったか？」

アレクは、袖で涙を拭う。

「……ノックス師匠、俺は強くなりたい。いや強くなります！　みんなを守れるような人間になれるように鍛えてください。もう誰も失いたくないんです。それから、薬は万能だって思っていました。甘えていたんです。これからは、もっと考えて行動します。ノックス師匠、ごめんなさい。騎士や今回関わった人、全員ごめんなさい。死んだ人達に顔向けできるように、俺は強くなって恩返しをします」

アレクは、真剣に叱ってくれて、自分のことを思いやってくれるノックスのことを、改めて師匠だと認識した。

ノックスは、それを聞いてアレクを抱きしめる。

抱きしめられると思っていなかったアレクは、また涙を流してしまう。

「強く言ったが、今は泣けるだけ泣いて全て出し切ってしまえ。そして、生き残ったみんなの前に行けばいい。くよくよした次期当主など誰も見たくないしな」

そのまま、ずっと泣き続けたアレク。

強くなれとアレクを叱責したノックス。だが内心では、誰しもが通る道ではあるが、十歳にしてこの体験は酷だろうと、アレクに同情もしていた。

それと、突然現れた少年のような暗殺者や、彼のさらに上がいるような発言のことを思い返し、これからも気が抜けないなと、ノックスは頭を悩ませるのであった。

そうして五分ほど経った頃、アレクは顔を上げた。

「ノックス師匠、ありがとうございました。俺は大丈夫です」

ノックスの言う通り、全てを出し切ったアレクは、目を腫らしながらも、スッキリとした顔をしていた。

「よし！　みんながいる場所に、キースを運んでやろう。悲惨な場所だが、アレク坊はやめておくか？」

「いいえ、行きます。この目で見ておく必要がありますから」

「そうか……」

そう言うとノックスは、キースを担ぎ上げて庭に向かう。

庭の死体が集められた場所にやってくると、六人の騎士の遺体と、九人の暗殺者の遺体があり、ちょうど数人の騎士が運んだ遺体に布をかけ終わったところだった。

「アレク様、ノックス団長、ご無事で何よりでした。先ほど、運び終わったところです」

「お前ら、非番にもかかわらず、ご苦労だったな。キースも一緒に弔ってやってほしい」

ノックスは騎士の遺体が六体並ぶ横に、キースの遺体を置く。

それを見た騎士達は、目尻に涙を浮かべていた。

だが、悲しみよりも職務を全《まっと》うすることが優先だと考えた彼らは、それ以上泣いたりはしなかった。

「こんな役回りを任せてしまってすまない」

ノックスが申し訳なさそうに言うと、騎士は毅然とした態度で返答した。

「いえ、我々こそ、もう少し早く状況に気付いていればよかったのですが、早く来ることができず申し訳ございません。我々にできることならやりますので、ご命令を」

「フッ……本当にうちの連中は自慢のやつらだな。お前らはここに二人残して、他は門前警備に当たれ」

ここには暗殺者の死体があり、少年がサイモンを消したように、新たな敵が証拠隠滅に来る可能性があるため、ノックスは少数だが人員を配置するよう命じる。

「はい！　ノックス団長の話は聞いたな。各自行動開始だ」

非番の騎士達が動き始める。

アレクはというと、騎士の遺体の前で手を合わせていた。

「アレク坊、何をしているんだ？」

こちらの世界には、合掌《がっしょう》するしきたりはないため、不思議に思ったノックスが尋ねる。

「ん？　あ！　これは合掌と言って、故人に対し生前の感謝を示し、お別れのあいさつができる……とどこかで読んだ本に書いてあったのでやっています」

急に声をかけられて驚くアレクは、前世の話もできないので咄嗟に本で見たと言って誤魔化した。

「そりゃいいな。俺もやろう」

そう言うとノックスも一緒に合掌し、その話を聞いた騎士二人も後ろで真似をする。

一人一人がそれぞれの思いを死者に送るのであった。


数時間後、子爵家の屋敷の庭。

合掌を終えたアレクとノックスは、カリーネとナタリーの無事を確認しに屋敷へやってきていた。

玄関ホールに入ると、使用人達が集められていた。

その中に、ナタリーとカリーネの姿も見受けられる。

「母上、ナタリー、無事でよかった……」

他の使用人もいるので、アレクは一応『母上』と呼ぶ。

カリーネとナタリーはその声に気付くと、駆け寄って抱き着く。

「アレクちゃん、無事でよかったわ。どこにもいないから心配したのよ。それよりも、この服はどうしたの？　怪我は……していないようね」

「アレク様、ご無事で何よりです。私、心配で心配で……」

カリーネもナタリーもアレクを心配してくれていたようで、嬉し涙を流している。

「部屋の前に、暗殺者が来たんだ。それで戦闘になって、服がボロボロになっちゃった。心配をかけてごめんなさい。それと、今回のことで俺は考えが甘かったと痛感しました。それを克服《こくふく》するため、ノックス師匠の下でもっと鍛えていただこうと思っています」

戦闘と聞いてナタリーは慌てふためく。

カリーネは流石の年の功で落ち着いており、アレクを抱きしめる。

「そうね、ノックスの下でしっかり鍛えてもらいなさい！　そして、辛くなったらいつでも私のもとに来なさい。いつでも甘えさせてあげるから」

カリーネはアレクが過酷な体験をしたことをいち早く感じる。そして語っている間、後ろにいたノックスに目配せで、「任せるわね」と伝える。ノックスもその意図を察して頷いた。

「アレク様、私にも頼ってくださいね。アレク様の専属メイドなんですから」

ナタリーは胸を張りフンフンと鼻を鳴らす勢いで話す。

「母上、ナタリー、ありがとうございます。二人の言葉を聞いたら、少し楽になりました」

そのあとも、何があったか話したり、周りの使用人や騎士の無事を確認したりするのであった。

◆　◇　◆

その頃、サイモンを処分し屋敷から去った少年は、子爵領から遠く離れた屋敷に《転移《テレポート》》で戻ってきていた。

全身真っ黒な服を着た女性が、少年を出迎える。

「ナンバー3様、お帰りなさいませ。ゼロ様がお呼びでございます」

少年はナンバー3というコードネームで呼ばれていた。ナンバー3は女性に対し上ずった声で応える。

「体を冷やしたらすぐ行くと伝えといて。さっきのやつを思い出すと体の火照《ほて》りが収まらないんだよ。あ～、早く殺《や》り合いたいなあ」

ナンバー3は完全にノックスを獲物として捉えていた。


場面は変わり、真っ黒な絨毯《じゅうたん》が敷かれた煌《きら》びやかな部屋。

「ナンバー3、面を上げよ」

仮面を着け、漆黒に包まれた服にマントを羽織った男が立派な椅子に座り、ナンバー3を玉座から見下ろしている。

「ハッ！」

ナンバー3が、緊張した面持ちで片膝を突いて応える。

その様子は、仮面の男とナンバー3の間にかなり権力差があることを示していた。

それもそのはず、男は今回の子爵家襲撃を主導した組織のリーダーであった。

「此度《こたび》の任務、ご苦労だった。明日から一週間休暇を取るといい。それからバーナード伯爵には、ナンバー5とナンバー6を向かわせ、サイモンの独断だと説明する。そして、多額の資金を渡して、今回の件は手打ちにしたいと考えている。もし、渋るようなら事故に見せかけて殺してしまえばよいからな」

悪の組織のリーダーの割に、しっかりと部下を労《ねぎら》うのは意外な一面である。

「ハッ！　労いの言葉感謝いたします……申し訳ございませんがゼロ様、発言のご許可をいただいてもよろしいでしょうか？」

下を向き頭《こうべ》を垂れるナンバー3。

「発言を許可する」

「何故、もっと戦力を送り込み、子爵家の人間を皆殺しにしないのですか？」

情報によると子爵家は、あの大剣を持ったやつくらいしか戦力はいない。ナンバー1からナンバー5を送り込めば一瞬で終わったはず、ナンバー3はそう考えていた。

「フッハッハッハ！　確かに、その疑問はもっともだ。すぐに潰さないのは我の我儘《わがまま》なのだよ。人間共が慌てふためく姿、恐怖する姿、恨む姿、激昂する姿、全てが我にとっての甘い汁だ。すまんなナンバー3……我の我儘に付き合わせてしまって」

「何をおっしゃいますか！　私が、このように人を殺しながらも生きていけるのは、ゼロ様のおかげでございます。ゼロ様の発言と行動に我儘など存在しません。私達は従うのみです。失礼なことをお聞きし、申し訳ございませんでした」

ゼロを絶対に否定しないナンバー3。過去に彼とゼロの間には何かあったのだろう。

「我は幸せ者だ。お前達がいなければ我の願いは叶えられないだろう。感謝するぞ。それから、いつかナンバー3が大量に人を殺せる機会を用意しよう。まだまだ先だが、それまで我に従ってくれるか？」

ナンバー3からすると、仮面があるのでわからないが、我が子を見るような、微笑みながら話している印象をゼロから感じていた。

「滅相《めっそう》もございません。ゼロ様に付いていくだけでございます」

「そうか……改めて此度の任務ご苦労であった。しっかり休暇《きゅうか》を楽しむように。以上だ」

ナンバー3は、一礼をして退出する。

退出したあと、仮面を取るゼロ。おもむろに顔を両手で触るとボロボロと顔が崩れ落ちる。

「この体も終わりか……脆弱《ぜいじゃく》な人間にしては耐えた方か。ナンバー1よ、おるか？」

「ハッ！」

ゼロの影の中からナンバー1が突然現れた。

「今すぐに、新しい体を調達せよ。頼んだぞナンバー1」

「ハッ！　すぐに新しい体を用意してまいります」

ナンバー1はそう言うと影に消える。

「森での実験も失敗し、依頼された暗殺も上手くいかず、か……」

ゼロがそう言いながら立ち上がり窓から外を見ると、肉が剥がれ落ちた半分骸骨《がいこつ》の顔が月明かりに照らされる。

ゼロとは一体何者なのか、何を目的としているのか……アレクはまだ、彼の存在すら知らないのだった。

第五章　水面下で進む計画

暗殺者との戦いから二日が経ち、混乱していた使用人達も、戦いの影響で気が立っていた騎士達も落ち着きつつあった。

騎士達の死体に関しては、ヨゼフの帰宅とともに埋葬することになった。

暗殺者については、早馬を王城に送り、どうすべきか指示を仰いでいる。

そんな中ノックスは、目が覚めた女暗殺者から情報を引き出そうとしていた。

彼が今いるのは、地下にある石の壁で出来た小さな部屋。ろうそくの灯りだけで照らされる暗い空間だ。

暗殺者の女は魔法封じが施された椅子に、目隠しをされて、後ろ手に縛られ座らされている。

その女に、ノックスが自白薬を飲ませようとしている。

それは飲むことで精神に作用し、一定時間だけ従順になり質問になんでも答えてしまうという強力なもので、この世界においても使用は厳しく制限されている。

「これを飲め」

ノックスは無理矢理口を開けさせて飲ませようとするが、女はそれを吐き出す。

「ゲホゲホ……」

苦しそうに咳をする女。

ノックスはなんの躊躇もなく女の頬に張り手を食らわせる。

女は一瞬何が起きたのかわからなかったが、頬に激痛が走り叫び声を上げる。

「ギャァアア……はぁはぁはぁ……」

拷問《ごうもん》の訓練は受けているが、思わず耐えきれず叫んでしまった。

「じゃあ次はもっと痛くしてやるか」

またもやなんの躊躇もなく、ノックスは女の腹を蹴り飛ばした。

「ギャァアアァ！　いだい～……はぁはぁはぁ。飲みますがら、やめでぐださい……」

女は泣きながら懇願する。一切の躊躇《ためら》いなく痛めつけてくるノックスに恐怖を感じていた。

ノックスは、アレクに辛い経験をさせたこの女を許してはいなかった。そのため、痛めつける手や足に思わず力が入ってしまっていたのだ。

「次はこぼすなよ」

ノックスがそう言って飲ませた自白薬を女はしっかりと飲み干した。

女は急に糸が切れた人形のように全身の力が抜ける。そして、虚《うつ》ろな目でノックスを見る。

「お前の名前は？」

「名無し」

「それが名前なのか？　……では、暗殺者になる前の名前は？」

「名前はない」

ノックスは、孤児か誘拐した子を暗殺者に育て上げたのか？　と考えつつ女に問いかける。

「誰に襲撃に命じられた？」

「サイモンという男に言われた。サイモンはバーナード伯爵に頼まれたらしい」

ノックスは自分の息子であるアレクを殺そうとするバーナード伯爵の悪人っぷりに反吐《へど》が出そうになるが、質問を続ける。

「化けていたメイドはどうした？」

「殺した。魔物の餌にして処分した」

それを聞いたノックスは、拳を強く握った。

女を殴りたいが、これ以上やると殺してしまうと思い、石の壁を殴る。壁に凄いへこみが出来て、部屋全体が揺れる。

それによりノックスは少し落ち着きを取り戻した。

「ふぅ〜、危ねぇ……次の質問だ、お前らの組織の名前は？」

「ドラソモローン・エミポグポロス」

暗殺者の女は、呪文のような長い名前を言う。

「組織の場所を教えろ」

「知らない」

「仲間を殺した少年と、あの方とは誰だ？」

「知らない」

「お前らは何を企んでいる？」

「知らない」

女は「知らない」を繰り返すだけだった。

これ以上の情報は持っていないだろうと感じ、ノックスはチッと舌打ちをした。

◆　◇　◆

その頃、バーナード伯爵家では、ナンバー5とナンバー6が、当主のディランに報告しに来ていた。

二人は応接室に通され、ディランと対面している。

「サイモンが来ると思っていたが、組織の幹部の方がわざわざ来てくれるとは。それで、アレクの死体はどこにあるんだ？」

アレクの死に顔を見られると思い、ディランはいつになく興奮している。

「申し訳ないが死体はない。我々の組織はこの件に関与していないことを告げに来た。サイモンとその手下が勝手にやったことだ」

ナンバー5の答えにディランは、はぁ？　と顔を歪ませる。

多額の金を渡して、一度目は失敗。そして今回も死体はなく、挙《あ》げ句《く》の果てに今後の組織の関与はないと言われたのだから、それも仕方がない。

「おい！　俺をバカにするのも大概にしろ。関与していないだと？　ここに契約書もある、契約金も渡しているんだ、今すぐやつの首を持ってこい！」

ディランは怒りを込めて叫ぶ。

それを聞いたナンバー6が契約金の五倍の金をテーブルにドンと置いた。

ディランはそれを見て驚くが、平然を装う。

「ディラン様、我々の意思は変わりません。リーダーとしては、サイモンが独断で動いた件については、これで手打ちにしたいとのことですが……ご納得いただけないでしょうか？」

ナンバー6は、丁寧な口調で説明をする。

その金額を見たディランは、この資金で別の暗殺者を雇えばいいんじゃないか……？　と安易に考える。

そして、さらに欲を出す。

「こちらはいつでもお前らの失敗を噂として流せるんだ。手打ちにしたいのであれば、さらに追加の金を用意してもらおう」

しかしそんなディランの言葉を聞いて、ナンバー5がナイフをディランの首に当てた。

「調子に乗るなよ。このまま首を落としてもいいんだぞ」

「ああ、わ、わかった。これで手を打つ。だから、今すぐ俺から離れろ」

ディランは虚勢《きょせい》を張りながら答える。

「賢明な判断です。では、私達はこれで失礼いたします」

ナンバー6が一礼をして出ていき、ナンバー5は出したナイフをチラつかせながらそれに続く。

二人が出ていったあと、ディランはテーブルに顔を伏せてため息を吐いた。

◆　◇　◆

その頃ヨゼフは、無事に王城まで辿り着いていた。

今は、国王と謁見《えっけん》するまでの間、控え室で待機させられている。

「ロイス、ここまでご苦労だった。ここだけの話じゃが、ワシはアレクが心配で、早く帰りたいわい」

アレクを溺愛するヨゼフは、謁見を早く終わらせたいと思っていた。

「ヨゼフ様、屋敷にはノックスさんがおられます。ご安心ください。それに、騎士に命令を出して、昼夜問わず〈気配察知〉に長《た》けた者を配置しています」

ヨゼフを心配させないよう、状況を伝えるロイス。

「アッハッハ！　それは頼もしい限りじゃ。そうじゃな、ワシはアレクのために、この謁見を成功させねばならんしのぅ」

そう話していると控え室の扉がノックされ、召し使いの声が届く。

「ヴェルトロ子爵様、大変お待たせいたしました。陛下の準備が整いましたので、謁見の間までお願いいたします」

召し使いに案内され、謁見の間の扉の前に立つヨゼフ。

黄金で出来たその扉は、二人がかりで開けないと開かないような重たいものだ。

それが内側から開かれた直後、宰相のアントン・フォン・オラールの声が響く。

「ヨゼフ・フォン・ヴェルトロ子爵、入場！」

ヨゼフは一人で広い部屋の中央に敷かれた赤い絨毯の切れ目まで進み、片膝を突いて頭《こうべ》を垂れる。

すると宰相が再び口を開く。

「国王陛下のおな〜り〜」

宰相の言葉と共に、煌びやかな衣装に身を包んだ国王が奥から現れた。

国王は衣擦《きぬず》れの音をさせながら玉座に座る。

「面を上げい」

国王の言葉を聞いて、頭を上げるヨゼフ。

国王はヨゼフと同い年で、ヒゲも髪も白いものが混じりシワも年相応に刻まれている。

ヨゼフはそんな国王を見て、陛下も年を召されたなと内心で呟く。

「久しいな、ヨゼフ。今は余と宰相しかおらん。楽にせい」

ヨゼフが謁見する時は、国王と宰相しかいないのが通例であった。普通はありえないことだ。

「早速本題に入るが……余は、今回の養子の件が不可解でならんのだ。アレクは、バーナード伯爵家で問題を起こし廃籍になったが、数日後、お主から彼を養子にしたいと連絡が来た。余の知らぬところで何が起きておる？」

ヨゼフはすぐには発言をしない。国王の許可なく発言することは不敬に当たるからだ。

「ヨゼフ、発言を許す」

陛下の許可が下り、ヨゼフは話し始める。

「はっ！　お久しゅうございます。陛下」

「うむ。お主も壮健で何よりだ。それでは、余の先ほどの問いに答えてもらうぞ」

「私はアレクに〈真実の目〉を使いました。その結果をお話ししたいと存じます」

ヨゼフは、バーナード伯爵家でのアレクの扱い、そして伯爵家が暗殺者を子爵領に向かわせているらしいことを語った。ただ、アレクのスキルについてはまだ伏せておいた。

「――うむ。アントン、謁見が終わり次第、至急バーナード家を調べろ。他にも悪事が見つかりそうだ。だが、ヨゼフ、余にまだ言っていないことがあるのではないか？　全て語ってもらうぞ」

（やはり、陛下には隠し通せないか）

ヨゼフは観念して、先ほどは伏せておいた内容を語ることにした。

「陛下、無礼を承知でお話しさせていただきます。今から私の息子について話すことで、少しでも陛下が侮辱されていると感じられたのであれば遠慮なく罰してください。しかし、誓って申し上げますが、私の話に嘘はありません」

ヨゼフが真剣な表情でそう言ったのを見て、国王も宰相もポカーンとしている。

少しして、国王が大声で笑い出した。

「ハハハ！　気にせず話すとよい。それにしても、大事な息子を持ったのだな。友として嬉しく思う。なぁアントン？」

「陛下のおっしゃる通りでございます。ヨゼフ殿に、こんな日が来ようとは」

それは、謁見の間らしからぬ光景だった。

国王もアントンもヨゼフを友として見ているからこそ出た言葉だった。

「アントン、すぐ応接室の準備をしてくれ。この先は、友として話してみたい」

「ハッ！　かしこまりました。すぐにご用意いたします」

ヨゼフの覚悟はどこへやら、国王とアントンは楽しげであった。友が父親になったことを祝福しているのだ。

ヨゼフも、昔三人で酒を飲んだ時のノリだなと思うのであった。

「ではヨゼフ、一度下がり、控え室でしばし待て。アントンを呼びに行かせるのでな」

ヨゼフは静かに立ち上がり、謁見の間から退出する。

扉を閉める時に、後ろから笑い声が聞こえた。


「ヨゼフ様、お疲れ様でした。このあとは、どのようなご予定でしょうか？」

謁見の間の扉の前で待っていたロイスがヨゼフに尋ねる。

「ロイス、まだまだ帰れそうにないわい。一度控え室に戻り、すぐに応接室での話し合いとなる」

そのあと、謁見の間に案内したのと同じ者が再度控え室に案内した。

控室のソファーに座ったヨゼフはまたも真剣な表情で口を開く。

「ロイス、陛下には全てを話すことになりそうじゃ。おそらく罰されることはないじゃろうが、もしワシが不敬罪で処罰されたらアレクをすぐに当主に据えるんじゃ。ワシの書斎の引き出しに遺書も入っておる。これは命令じゃ、わかったか？」

あの感じだと不敬罪に問われはしないだろうが、もしもの時のためにロイスに自分が死んだあとの動きを伝える。

「ハッ！　かしこまりました」

話をしていると、トントントンとドアをノックをする音が聞こえた。

「準備が出来たので迎えに来ました。ヨゼフ殿、参りましょうか」

声の主はアントンで、彼が自ら迎えに来ていた。ロイスには、その場で待機しておくよう命令し、ヨゼフは控室を出た。

応接室までヨゼフを案内したアントンが、ドアをノックする。

「ヴェルトロ子爵を連れてまいりました」

「入室を許可する。入れ」

国王の許可が下りて、二人で中に入る。すぐ座ることはせず、国王の許可を待つ。

「ヨゼフ、座るがよい」

その言葉を聞いて、ヨゼフは国王の向かいのソファーに腰掛けた。

「まずは、お主に息子が出来たことを嬉しく思う。息子との生活はどうだ？」

国王の優しさか興味本位かはわからないが、世間話から入ってくれるのは、今のヨゼフにとって助かっていた。

「そうですね。恥ずかしながら、可愛いの一言でしょうか……今までにない明かりが家に灯されるようになり、生活も楽しくなりました」

「それは、何よりだな。そして妻はどうだ？　体調はよくなったのか？」

ここで、話さないといけない本題をぶち込んでくる国王。

「陛下、その話を踏まえて、不敬なことを申しますが、最重要事項になりますので、誓約を結んでもらえないでしょうか？」

ヨゼフはソファーから降りて懇願する。普通なら宰相が何か言うはずだが、何も発言してこない。

「ヨゼフ、頭を上げよ。アントン、余の言った通りだっただろう。ヨゼフが息子にするくらいだ。秘密の一つや二つあるに決まっていると」

この状況を予想していた国王は、アントンと笑い合っている。

ヨゼフは頭を上げつつ呆気に取られていた。

「ヨゼフ、ここには余とアントンしかおらん。それほどまでに重要なら誓約を結ぶのもやぶさかではない。早く申してみよ」

「ヨゼフ殿、安心してください」

アントンがヨゼフに微笑みかける。

「では、改めて話してみよ。ヨゼフ」

「まず、カリーネの治療から……」

ヨゼフはアレクが薬で余命一日のカリーネを治したことと、ノックスの全身の傷と足と魔力回路を治したことを話した。

「なんと、それは真《まこと》か？　素晴らしいスキルではないか！　これは、誓約を結ばざるをえん話だな。しかしそうなると余計にバーナード家を早く潰さなければならん。こんな才を持った少年を死の境に追いやり、毎日の暴力と暴言、さらには暗殺者まで送るとは、許すまじ蛮行だ。アントン、わかっておるな」

「ハッ！　早急に調べてご報告いたします。それから、誓約を執《と》り行う方向でよろしいでしょうか？」

「誓約はせねばならぬだろう。用意をしてくれ」

国王は、アントンに調べさせて、バーナード一家全員に制裁を与えようと考えていた。

「陛下、実はアレクと復讐の約束をしました。そこで一つ陛下にお願いがありまして……」

ヨゼフは自身が考えている復讐計画の説明をした。

「ハハハ！　良いではないか。余がその芝居に付き合ってやろう。そして、目の前で悪事の全てを叩きつけてやるとしよう。いいな！　アントン」

復讐のシナリオを聞いた陛下はノリノリになる。

「陛下の御心のままに」

ニヤリと笑うアントン。アントンもノリノリである。

「ありがとうございます。陛下」

ヨゼフは国王に対し礼を言う。

「構わん。久々に余興を楽しめるのだ。それでは、今から誓約を結ぶぞ」

「はい！　かしこまりました」

そのあと、無事に誓約を結ぶことはできたのだが、夜更けまで家族の話などに付き合わされるヨゼフであった。

◆　◇　◆

翌朝、ヨゼフ一行は王都を出発した。

そのまま街道を順調にひた走り、魔物にも出くわすこともなく、一日目と二日目と順調に子爵領へと帰路を急いでいた。

そして、今日泊まる予定の街に着いたのだが、何故かどの宿もいっぱいであった。

「ヨゼフ様、申し訳ございません。ここもいっぱいで、本日は野宿になりそうです。私達が先行して宿を押さえておけばよかったのですが……」

ロイスは申し訳さから頭を深く下げる。ヨゼフが怒るとは考えていないが、七十八歳という高齢な身に野宿をさせたくはなかった。

「ロイス達が悪いわけではない。ワシは野宿で構わん。野宿など二、三十年振りかのぅ。楽しみじゃわい」

気落ちするロイスとは対照的に、ヨゼフは何気にノリノリだった。

ヨゼフの頭の中には、今日を乗り切れば明日には領に着くので、そこまで大変ではないだろうという考えもあった。

「そう言っていただきありがとうございます。ですが、最近不穏なことが多いのも事実です。警戒を怠《おこた》らないようにいたします」

ロイスから号令が出されて、出発する一行。

そのまま進み比較的開けた場所に出たので、ここで野宿をしようかとロイスが思っていると、どこからかナイフが飛んできた。

四名の騎士は避けきれず、ナイフが刺さり倒れてしまう。

「クソッ！　今すぐ抜刀し、五名で馬車の周りを囲んで守れ！　残りは守りつつ刺された四名を馬車の方に運べ！」

ロイスが部下に命令を出す。その間もナイフは飛び続けているが、騎士達はなんとか倒された四名を救出した。

「次、ナイフが飛んできたら、飛んできた場所に魔法を撃ち込め！」

反撃の指示をするロイス。だが、一向にナイフが飛んでくる気配がない。

その時だった、森の向こうから、男性とも女性ともつかない声とパチパチという拍手が聞こえた。

「凄いね。対応力に感心したわ」

「全員、魔法攻撃！　《雷牢獄《サンダープリズン》》」

「《風刃《ウインドカッター》》」

「《風矢《ウインドアロー》》」

「《氷弾《アイスバレット》》」

「《水矢《ウォーターアロー》》」

「《雷矢《サンダーアロー》》」

「《土矢《アースアロー》》」

「《氷槍《アイスアロー》》」

「《風槍《ウインドランス》》」

「《雷槍《サンダーランス》》」

「《水槍《ウォーターランス》》」


ロイスが敵を雷の檻《おり》に敵を閉じ込め、騎士達十人で一斉に敵へ目掛けて魔法を放つ。

魔法を撃ち終わると、辺り一面に真っ白な煙が立ち込めた。

なぎ倒された木々が、凄まじい衝撃だったことを物語っていた。

しかし白い煙が晴れ、平然と立つ人影が見えて、ロイスはそう指示を出した。

「クソッ！　ダメか……ゼクとエリック、今すぐ馬車の中に入って防御結界を張れ」

ゼクとエリックと呼ばれた騎士は、すぐに馬車の中に入り防御結界を張った。

「驚いたな。躊躇なくぶっ放してくるとは」

敵は不気味な仮面を着けており、身長は高くもなく低くもなく、服装はこの国の物ではないデザインの服を着ている。仮面のせいで、ロイスには男か女か判断がつかなかった。

「ナイフで歓迎《かんげい》してくれたからな。こちらも応じただけだ。それより、何者か聞いていいか？」

ロイスは敵はここにいる誰よりも強いと感じており、どう切り抜ければよいかを考える猶予《ゆうよ》を欲していた。そのため彼は少しでも会話を長引かせ、時間を稼ぐ。

「いいよ、時間はたっぷりある。私は、ナンバー9。ゼロ様の命令でやってきた」

ロイスは初めて聞いた名前に疑問を感じつつ、質問を続ける。

「俺はロイスだ。お前らに命を狙われる覚えなどない、なぜ俺達を襲うんだ？　それに、ゼロとは誰なんだ？」

「ふん、そう簡単にあの方について教えるわけがなかろう。ただ、そうだな……絶対的支配者とでも言っておこうか。それと、馬車のジジイを襲ってる理由だが、ちょっと前に我々の実験が失敗したようでな……そのジジイは死んでいたはずが、どうしてか生き残っている。つまりジジイが実験の邪魔をしたってことだろう？　その報いを受けさせるのさ。それじゃあ、そろそろ始めようか」

ロイスは動き出そうとするナンバー9を前にして、咄嗟に魔法を発動する。

「《泥沼《クワグマイアー》》！　《炎牢獄《フレイムプリズン》》！　お前達、今のうちにヨゼフ様と一緒に逃げろ！」

ナンバー9の足元を泥沼にして動けなくしてから炎の檻に閉じ込め、部下が逃げる時間を稼ぐ。

事前に、ロイスからどんな命令があろうとも逆らわず指示に従うように言い聞かせていたおかげで、部下達はヨゼフの乗った馬車と共に躊躇《ためら》うことなく逃げ出した。

「《風塵砲《ウインドダストキャノン》》」

ナンバー9がそう言うと、火柱が立つ檻の中から、圧縮された空気が馬車に向かって撃たれる。

「逃しちゃったか。でもあれがあるから私からは逃げられないよ。それよりロイス、一人で大丈夫なのか?」

《風塵砲《ウインドダストキャノン》》の風圧で炎の檻も消え、平然とした顔でロイスに向かって歩くナンバー9。

ナンバー9の余裕のわけは、事前に取り付けておいた位置を特定する魔道具《まどうぐ》があるからだ。

「あぁ……俺が使える最大の魔法を食らわせてやるよ。《点撃雷光《ポイントアタックライトニング》》!」

ロイスはMPを全て消費して魔法を発動する。

稲妻を帯びたレーザー光線のような光がナンバー9の体を捉える。

直後、胴体に風穴が開き、ナンバー9は前のめりに倒れ込んだ。

「はぁはぁはぁ、MPが空っぽだ。もう立てねぇ」

ロイスはMP切れを起こして座り込んでしまう。

そして顔を上げたが——そこにはナンバー9の死体はなかった。

焦るロイスを待ち受けていたのは、真横から顔面へ飛んできたナンバー9の蹴りであった。ロイスは「ぐへぇっ」と声を出して吹き飛ぶ。

「まさかこんな魔法が使えるとは驚いたな。身代わりの護符《ごふ》がなかったら死んでいたよ。だが、もう油断しない、いくぞ!」

ナンバー9は『身代わりの護符』という、一定以上の威力の攻撃を感知すると、分身を作り出して所有者を救う強力な魔道具で、ロイスの攻撃を躱していた。

そしてそのまま手足に火を纏い、流れるような動きで、ロイスに攻撃を加える。

攻撃を受けて全身に火傷を負ったロイスは諦めようとしていた。

その時、ノックスの声が聞こえた。

――『どうしようもない時に服用しろ』――出発の時に渡された薬を思い出し、最後の力を振り絞り瓶を取り出して飲む。

「何を飲んでいる？　ぐわああっ！」

飲んだ瞬間、ロイスの体からブワッと蒸気が溢れ出す。

突然のことだったので、ナンバー9は体勢を崩して吹き飛ばされる。

蒸気が収まると、ロイスの体の傷は治り、一方で目は充血して体も真っ赤になっていた。

ロイスが飲んだ薬は、『凶化強靭薬《きょうかきょうじんやく》』というもの。五分間理性を失い強大な力を得て、その後全身の筋肉が断裂を起こして激痛を味わうという強力な薬である。

「グォオオオオ!!」

ロイスは獣のような雄叫びを上げ、吹き飛んだナンバー9に襲いかかり、殴る蹴るを繰り返す。

「ぶへぇっ！　ぶほっ！　ぐはっ！」

ナンバー9は全身に防御結界を張っていたのだが、ロイスはそれをいとも簡単に打ち破り攻撃を食らわせる。相手に魔法を使わせるタイミングすら与えない。

「ギャアアア！　やめで、いだいいだい、ぐあぁぁ……」

ナンバー9は苦しみの声を上げる。だが、ロイスは止まらない。

ロイスはナンバー9の腕をへし折り頭を持って木に投げ飛ばす。

そこで五分が経過して、ロイスはその場で倒れ込んだ。

ナンバー9はもうピクリとも動かなかった。

「ハッ！　俺は一体何をしていたんだ？　って、いでぇぇぇ……全身があぁ！」

ロイスは正気を取り戻し、全身の痛みからのたうち回る。

ロイスが飲んだのは、作用している間の記憶はなくなり、気付いたら全身がズタボロになっているという最悪の薬だ。

ロイスは痛みに耐えながらなんとか仰向けになり、救援《きゅうえん》が来てくれることを祈る。

「ロイス臨時団長〜、どこですか〜？」

しばらくして、戦闘が落ち着いたことを察知した騎士達がロイスを探しに来た。

「辺り一面、すげぇことになってるな？」

「そうだな。この辺にロイス臨時団長が……っていたぞ！　ロイス臨時団長、大丈夫ですか？」

一人の騎士がロイスのもとに駆け寄り、声をかけながら肩を揺らす。

「だ、大丈夫、だ……」

やっと見つけてもらえたことで安心したロイスは、そう言ったあとそのまま気絶してしまった。

「んん？　ここは？」

眠りから覚めたロイスは、自分が地面に寝ていることに気付く。

辺りは明るく、チュンチュンと鳥の鳴き声が聞こえていた。そこはテントで、首を動かすと数人が見張りをしていて、あとの数人は食事を作っていた。

「ロイス臨時団長、意識が戻ったのですね。よかったです。体は動きますか？」

ロイスの看病をしていたのは、シーラという黒い短髪の女性隊員だった。

シーラの言葉にロイスは、起き上がって体を動かす。

痛みが嘘のように消えていて、ロイスはあれは夢だったのではと思う。

「シーラ、敵はどうなった？」

「私達が着いた時には死んでおりました。ロイス臨時団長が倒してくれたんですよね、ありがとうございます！　それから、我々はアレク様からいただいたポーションで全員回復しています」

ロイスはそれを聞いて安堵する。そこに、ヨゼフがやってくる。

「ロイス臨時団長、起きたようじゃな。ああ、そのままでよい」

立ち上がろうとするロイスに、座っておくように言うヨゼフ。

「ヨゼフ様、ご無事で何よりです」

「みんな、ロイス団長のおかげじゃ……ロイス！　今回の活躍に伴い、正式に団長に任命する。これからも、子爵家を頼んだぞい」

ヨゼフは、威厳たっぷりにロイスを騎士団長にすることを宣言した。

ロイスは、驚いてポカーンとしている。

「ロイス団長、おめでとうございます」

シーラがそう言うと、周りからも祝福する声が上がった。それを聞いて、ロイスは本当に昇進したのだと認識した。

「あぁ、えっと……ヨゼフ様、ありがとうございます。これからも誠心誠意お仕えしたいと考えております」

「うむ、頼んだぞ」

それからロイスは、みんなに祝われながら朝食を取ったのであった。

◆◇◆

襲撃事件から六日後、アレクは演習場でノックスに魔法を習っていた。

この数日で、アレクは魔力循環を完璧にマスターしていた。

そんなアレクにノックスは次の練習メニューを伝える。

「魔力循環は完璧になったようだから、次は魔力操作の訓練だ。魔法に込める魔力の量をコントロールすることだ。例えば両手に《水球《ウォーターボール》》を生成し、右に込めた三倍の魔力を左に込める。《水球《ウォーターボール》》の大きさは同じだが、あの二つの的に放つと……」

右手の方はパシャンと的に弾かれるが、左手の方は的が粉々になる。

「この訓練が必要な理由は三つある。一つ目は、実力差のある者を殺さないため。二つ目は、無駄な魔力消費を抑えるため。三つ目は、応用の魔法操作を覚えやすくするためだ。魔法操作は見せた方が早い。アレク坊、適当に走ってみろ」

アレクは言われた通りに、適当に走ってノックスの前から離れる。

「《水球追尾《ウォーターボールトラッキング》》」

ノックスがそう言いながら放った水の球は、アレクがジグザクに逃げても永遠に追ってくる。

最終的に疲れて走る速度が遅くなったアレクの後頭部に水の球が当たり、アレクはビチャビチャになってしまう。

「はぁはぁはぁ……師匠〜、ひどいですよ。ずぶ濡れじゃないですか」

アレクは息を切らしながら怒る。

「わりぃわりぃ、《乾燥《ドライ》》。これで服も体も綺麗になったし許せ。アレク坊、魔法操作に関しては、俺のような実力のある人間にしか使えない技術だから学んで損はないぞ」

ノックスは《乾燥《ドライ》》という魔法で、アレクを元の乾いた状態に戻す。

「師匠、凄いですね。使える人が少ないと聞くと燃えてきますね。でも、魔力操作と魔法操作との関連性があまりわかりません、教えてくれませんか？」

魔力操作は、魔力の量をコントロールするということ。魔法操作は、魔法を自由自在に動かすこと。アレクにはその関連性が見えない。

「実は直接の関連はないが、魔力が流れる感覚を掴みやすくするのと、魔法を身近に感じるために必要となる、って感じだな。魔法を身近に感じれば感じるほど、その操作もスムーズにできるようになるというのが、この世界の理《ことわり》だ。俺も正直、想像と感覚でやっているから、説明するのは難しい。とりあえず、《水球《ウォーターボール》》で俺がやったようにやってみろ」

ノックスの説明を聞いても、アレクはよく理解できなかったが、要はイメージと感覚を掴めってことだなと自分を納得させる。

「右手に魔力を集中……そして左手にその三分の一ぐらい……よし！　《水球《ウォーターボール》》いけぇ〜！」

アレクは両手に魔力を集中させ、ノックスがしたのとは逆に、右手に左手の三倍の魔力を込めて魔法を放つ。

右手から放たれた水の球は見事に的を粉砕する。左の物は少し的の棒を曲げるに留まる。

なんとアレクは一発で魔力操作を成功させたのだ。

それを見ていたノックスは、興奮してアレクのことを褒める。

「アレク坊、流石だな！　初めてにしてはかなり細かい操作ができていたぞ」

「あ、ありがとうございます。思ったより簡単かもしれません」

いつもと少し様子が違うノックスに対し、アレクは困惑しながら礼を言う。

「なるほど、では続いての訓練だ！　俺の真似をしてみろ！」

その後、興奮したノックスに付き合わされ、へとへとになるまで訓練させられたアレクであった。


訓練も終わり、夕食まで時間があったので、アレクが何気なく部屋の窓から外を眺めていると、見慣れた馬車が門からこちらに来るのが見えた。

アレクはヨゼフが帰ってきたとわかり、用意していた薬を持って急いで玄関まで行く。

玄関外に行くと、すでにセバンと数名のメイドがヨゼフに労いの言葉をかけ、荷物を受け取っていた。

ヨゼフが疲れた顔をして馬車から降りてくるのが見えて、アレクは思わず叫ぶ。

「父上、ご無事で何よりです。おかえりなさい！」

それを聞いたヨゼフは、先ほどまでの疲れた顔はどこへやら、ニカッと笑ってアレクを抱きしめる。

「アレク、ただいま。ワシは、会えて嬉しいぞい。もう会えんと思ったからの」

ヨゼフは暗殺者に狙われた時、もう家族に会えないかもしれないと思っていたため、アレクに抱きついて嬉し涙を浮かべる。

さらに早馬で、アレクの方にも事件が起きたことも知らされていたので、心配でならなかったのだ。

そこにカリーネもやってきた。

「あなた、おかえりなさい。こちらは色々あって苦労したのだけど、そっちも何やら大変だったみたいね」

周りの騎士の防具のボロボロさとヨゼフの表情から、カリーネは何か事件があったということを察する。

「おぉカリーネ、ただいま。実は、帰ってくる途中ちょっと事件があってのう、ロイスのおかげで助かったのじゃ。そうじゃ、すまんがセバン、その荷物も運んでおいてくれんか？　色々報告があるじゃろうが、明日にしてくれんか……疲れたわい」

その荷物とは、暗殺者の死体である。

色々あったのと長旅で疲れたヨゼフは、フラフラしながら歩いて屋敷へ向かう。

「父上、これを飲んでください。驚きますよ」

アレクは『長旅の疲れもぶっ飛び薬』という、『朝から快調スッキリ薬』に続いてネーミングセンスのない薬をヨゼフに渡す。

ヨゼフは渡された薬をゴクッゴクッと飲むと、疲れで曲がった背中がピーンとまっすぐになった。

さらに顔色もよくなり、目もシャキッとする。

「なんじゃこれは！　疲れが全くない！　旅に出る前より元気な気がするわい。アレク、ありがとう。もし、まだあるなら騎士達にも配ってくれんか？」

「はい。わかりました。騎士の皆さんも、これを飲んでください」

アレクはそう言われると思って用意していた薬を騎士に手渡していく。

騎士達がそれを飲むと、次々に賞賛の声が上がった。

「うぉぉぉ！　これは凄い！　今から訓練ができそうなくらいです」

「本当に凄すぎます。アレク様、ありがとうございます」

他にも素晴らしいという声を聞き、アレクは、準備した甲斐があったなと思った。

「元気になったし、湯浴みをするぞ。屋敷で何があったのかの報告は夕食後に聞こう」

「あなた、夕食後は寝てください。いい年なんだから、アレクの薬でも何があるかわからないわ」

カリーネはヨゼフの体をいたわる。

「カリーネは優しいのぅ……わかったわい。今晩は早く寝て、報告は明日聞くことにしよう」

その後、王城に行った面々は、ヨゼフとシーラだけが夕食後すぐ休み、それ以外は夜から訓練をしていた。


翌朝、ヨゼフは朝食を終えて、書斎でセバンからの報告を待っていた。

昨日、アレクからもらった薬で旅の疲れがない状態で眠りについたおかげで、快調な朝を迎えている。

トントントンとドアをノックする音がする。

「セバンです。ご報告に参りました」

ヨゼフは溜まっていた書類のサインを終えて筆を置き、入室を許可する。

「入りなさい」

ヨゼフの声は、ここ最近で一番透き通った元気なものだった。

セバンはその声を聞いて、疲れが残っていないことがわかり安堵する。

「おはようございます、旦那様。旦那様が王都へ行かれている間の出来事をご報告したいのですが、よろしいでしょうか?」

「色々あったじゃろうから、ゆっくり聞こうかのぅ。セバン、新しい茶を用意してくれんか?」

新しい茶を淹れてもらう前に、ヨゼフはカップに入っているハーブティーを飲み干す。セバンは、

《アイテムボックス》という万能収納魔法からティーセットを取り出して、ティーポットからティーカップにハーブティーを注いでヨゼフに差し出す。

《アイテムボックス》の中では、あらゆるものが思い通りの温度や状態で保管することができる。そのためセバンは温まったティーポットを常に持ち歩いていた。

「うむ。やはりセバンの淹れてくれた茶は美味いのぅ……ではそろそろ、本題の報告会を始めるかのぅ」

ヨゼフは普段より姿勢を正して、聞く態勢を整える。

「まずは、ノックスがメイドとして屋敷に潜り込んでいた女性を拷問した結果をお伝えします。組織名は、ドラソモローン・エミポグポロス。その女性には名前はなく、名無しと呼ばれていたようです。そして一連の襲撃事件は、アレク様を狙った、バーナード伯爵の依頼と判明しました。それ以上の情報は得られていません」

セバンはそこで一度言葉を区切る。

「そして、化けていたメイドなのですが……スウェアでした。すでに殺されていて、近くの森を捜索した結果、酷い状態で発見されました。遺体は丁寧に持ち帰っております。最初の報告は以上です」

ヨゼフは後半になるにつれて険しい顔になり、思わずため息を吐いてしまう。

「はぁ、スウェアに家族がいるなら、弔慰金をしっかり出しておいてくれ。いきなり辛いことを聞いてしまったわい。バーナード伯爵は……あとにするか。次の報告も聞かせてくれんかのぅ。事件があったとは早馬で知らされたが、細かい話はまだじゃったからの」

ハーブティーを飲み干してため息を吐き、次の話を聞く姿勢を取るヨゼフ。

セバンは神妙そうに口を開き、報告を始めた。

そして、七名の騎士が亡くなったことと、国王が直々に調査したいと言っているため暗殺者の遺体を保管しており、王都から来る使者に渡す手筈《てはず》を整えていること。最後に、ノックスでも勝てるかわからない敵が現れたことを報告した。

「亡くなった騎士の家族にもしっかり弔慰金を出しておいてくれ。使者の件はわかった。ワシからも、陛下宛の書状を書いておくか。それにしても、ノックスすらも勝てるか危うい敵とは、セバンにも活躍してもらうかもしれんのぅ。すまんな」

報告を聞き終えて頭を下げるヨゼフに、セバンは慌てる。

「頭をお上げください。弔慰金に関しましては、数年は生きていける額をお渡しする予定です。あと、私はやはり戦闘を忘れることができなかったみたいです。正直、悪を処刑することに興奮を覚えていると先日わかりました」

先日の暗殺者を殺した時のことを思い出しながら語る。

ヨゼフも微笑みながらセバンを見ている。

「『静寂《せいじゃく》の強者《きょうじゃ》』……お主が粛清人《しゅくせいにん》の時の二つ名じゃが、まだまだ現役じゃったということかのぅ。これからも、屋敷を頼むぞい。セバン」

この二人には、実は並々ならぬつながりがある。

――かつて国王が、腐敗《ふはい》しきった王国を立て直すために、国王直属の部隊を作ったことが始まりだった。〈真実の目〉による諜報活動をするヨゼフ。諜報活動の結果、悪だと判断された対象者を殺す粛清人と呼ばれる立場だったセバン。それぞれが共に国を支えてきた。

今は全員が高齢化し、部隊は解体されたが、唯一〈真実の目〉を持つヨゼフだけが密かに諜報活動を続けている。

「老体に鞭《むち》を打って頑張りますかな。それにしても、若い体が羨ましくなる時がありますよ。全盛期の七割程度しか体が動きませんでしたからね、若返りの薬でもあれば欲しいですよ」

セバンは遠い目をしながら外をぼんやりと見る。

ヨゼフも若い時のことを思い出しながら言葉少なに返事をする。

「そうじゃな……」

この時だけは、使用人と主人ではなく、かつての仲間としてお互いを見ていたヨゼフとセバンであった。

◆　◇　◆

ドラソモローン・エミポグポロスのアジトの一室で、ゼロが急に立ち上がる。

「ナンバー9の反応が消失しただと……我の知る限り、子爵家にはナンバー9に対抗できるやつはいなかったはずだが、まさか……いや……ありえん」

想定外の事態にうろたえるゼロ。

「ナンバー9が裏切った可能性があるが……それこそありえん。まずは、〈千里眼《せんりがん》〉で消息が断った場所を覗くとしよう」

ゼロは〈千里眼〉という遠くの対象を少しであれば時をさかのぼって観察できるスキルで、ナンバー9のことを調べ出す。

「……何!? 子爵家の騎士、それもたった一人に負けたというのか」

ゼロが見たものは、ロイスがナンバー9を再起不能にして殺した映像であった。

「これは由々《ゆゆ》しき事態だ。すぐに、対策を練らなければなるまい。ナンバー9、すまなかった。我の計算違いだ。必ず仇《かたき》は取ってやるからな。ナンバー1、至急皆を集めよ」

「ハッ！」

ナンバー1は短く返事をすると、すぐに仲間のもとへ向かっていった。

◆　◇　◆

王都から帰ってきたヨゼフを迎えたあと、アレクは自分の部屋でナタリーに相談をしていた。

「ナタリー、実は俺は若返りの薬を作れるんだ……それで、父上と母上に飲んでもらいたいと考えている。今日の父上の疲れよう……正直、見ていられなかった」

アレクは、両親の若く活気のある姿を見たいと、そして、彼らが楽に生活が送れるようにしたいと単純に考えていた。

アレクは言いにくそうに言葉を続ける。

「それに……死んだ人を生き返らせる薬も作れるんだ。今回の襲撃で、多くの人が亡くなっただろ？　それで、どうにかできないかって考えてたんだ、この二つの薬、使っていいと思う？」

そんなアレクに対し、ナタリーは諭すように言う。

「アレク様、私は早計だと思います。若返りの薬に蘇生薬《そせいやく》とは誰もが欲する薬です。もし、それがあると分かればアレク様はよからぬ人間に狙われてしまいますよ。それでも、ご両親や亡くなられた方を思うなら、私ではなくヨゼフ様とカリーネ様に相談をしてください。ですが……少し成長されましたね。以前なら無鉄砲《むてっぽう》に行動していたでしょうに」

「そうだね。確かに、まだまだ俺は考えが甘いね。ナタリーがこうやって側にいてくれないと何をしでかすかわからないよ。明日、父上と母上に時間を貰えるか聞いといてくれないかな？」

「わかりました。お伺いしておきます。それでは、私はこれで失礼いたします。アレク様、夜更かしはいけませんからね」

ナタリーはアレクに対し、まるで年の離れた姉のように接するようになっていた。

「は～い、そろそろ寝るよ。なんだかんだ疲れたしね。おやすみ」

「おやすみなさいませ。アレク様」

ナタリーはゆっくりドアを閉めた。

翌日、ヨゼフとカリーネが時間を空けてくれたことをナタリーから伝えられたアレクは、ヨゼフの執務室に向かった。

アレクはトントントンと執務室のドアをノックする。

「アレクです。入ってよろしいですか？」

大事なことを相談するのでアレクは緊張の色を隠せず、少し声も上ずっている。

「入りなさい」

中からいつもより元気なヨゼフの声が聞こえ、アレクはゆっくりドアを開けて入室する。

「アレク、昨日は凄い薬をありがとう。そのおかげで絶好調じゃわい。カリーネは今少し席を外しておるが、少ししたら戻ってくるじゃろう。それで、話とはなんじゃ？」

アレクは、昨日渡したヘンテコな名前の薬が効いてくれてよかったとほっとしつつ、すぐに気持ちを切り替えて、薬のことを話し始める。

「父上、お話は二つあります。一つ目は、若返りの薬について。二つ目は、死者蘇生の薬についてです。父上にどうすればいいかご相談したく……」

ヨゼフは、思わず目を見開く。

まさか、セバンと話していた若返りの薬の話が出るとは思ってもいなかった。それだけではなく、蘇生薬という言葉も聞こえてきて、ちょっとしたパニックになってしまう。

そう考えていると、カリーネが部屋に入ってきた。

「あら？　アレクちゃん、そんな難しい表情をしてどうしたの？　なんのお話かしら？」

アレクとヨゼフの表情を見て、カリーネは少し不安を感じる。

「うむ。カリーネも話に加わってくれんかのぅ？　ワシだけじゃと結論が出んような気がするのでな。アレクが持ってきた相談は、若返りの薬と死者蘇生薬についてじゃった」

「え？　あなた、どういうこと？　若返りに死者の蘇生なんて、子爵家にとって……いや世界にとっても大事件よ」

カリーネは真剣な表情をしながらヨゼフに近づいていく。

カリーネにとってもまさかのことだったため、普段冷静な彼女も少し取り乱してしまう。ヨゼフは、それを見てウンウンと頷いている。

「じゃろ？　そんな大それた話、ワシ一人で受け止めきれんわい。じゃが、アレクも考えてきたんじゃろ？　話してくれんかのぅ」

ヨゼフは、悩みに悩んで自分達に相談を求めてきたアレクの思いを無下にしたくはないと考えていた。

「父上、母上、もし公《おおやけ》になれば、俺が狙われてしまうのはわかっています。でも、執務のあとの父上や母上の疲れた表情を見る方が辛いです。もし、若返りたいとお考えなら、使ってもらいたいのです」

アレクは真剣な表情で語り、頭を下げる。

カリーネとヨゼフは顔を見合わせて、どうしたものかと考える。

「あなた、薬の入手方法を上手く誤魔化す案はあるかしら？　もしあるなら、私は若返りたいわ。

またあなたと色々な場所に気兼ねなく行きたいもの」

カリーネは街でデートしたこと、綺麗な景色を見に行ったこと、王都観光など、若かった頃を思い出しながら話す。

「カリーネ……ワシも、若返りたいのはやまやまじゃ。腰が痛いのもすぐ疲れるのも、もうたくさんじゃわい。じゃが、いい案がのぅ……うむ、たまたま街に来た行商人から買い付けたとするしかないのぅ」

薬の入手方法については、見知らぬ行商人から買い付けたという案が採用となった。

「母上の言う通り、色んな場所に俺も付いていきたいです。あ！　たまにでいいですよ。二人のデートの邪魔はしませんから」

それを聞いたカリーネは、恥ずかしくなったのか、アレクの頭を小突く。

「なにバカなこと言っているの。ちゃんと家族みんなで行くのよ。あ！　ナタリーちゃんも連れて行きましょう」

カリーネは家族での旅行を想像しながら語る。

アレクはカリーネとナタリーはいつの間に仲良くなったのだと疑問に感じた。

「アレク、カリーネ、妄想はそれくらいにして本題に入るぞい。本来ならワシ達は、そんな夢のような薬は諦めんといかん。アレクを危険に晒すんじゃからな」

ヨゼフは真面目な表情をしながら続ける。

「じゃがな、アレクの言う通り、最近疲労が溜まりやすくなっておるし、近々もう一度、バーナード伯爵家の件で王都に行くことになった時に、体が動くか心配じゃわい。すまぬがアレク、お言葉に甘えてよいか？」

駄目なことだとわかっているが、老いには逆らえず、ヨゼフは申し訳なさそうな顔でアレクに懇願する。

「父上、俺から言ったことですから、そのような顔をしないでください……これが、その若返りの薬です。飲んでください」

アレクは赤い液体の入った瓶を二人に渡す。

副作用はわからないので、二人の体に重大な異変が生じた時のために、『エリクサー』も用意してある。アレクは「女神様、そろそろスキルで副作用もわかるようにして」と願わずにはいられなかった。

「アレク、すまぬ。ではカリーネ、三、二、一で飲むぞい」

「わかったわ……」

「三、二、一……」

グビッグビッと薬を飲み干す二人。

だが、何も変化がない。失敗したのかと思うアレクだったが、数秒後、眩い光が二人から放たれる。数秒経つと次第に輝きは落ち着き、二人の姿が露《あら》わになる。

そこにいたのは、二十代前半の男女であった。

「父上、母上、本当に若返っています！　体におかしいところはないでしょうか？」

アレクが二人に問いかけると、二人は困惑しながら答える。

「おかしいところはないわ……ってあなた、本当に若返っているわ！」

ヨゼフの若返った姿を見て、カリーネは驚く。

「カリーネも昔のように綺麗になっとるよ。それにしても、服がパツパツじゃのぅ」

カリーネは、胸元とお尻が、ヨゼフは、体全体が、若返った影響で服がキツくなっていた。

そして二人とも若々しさを感じる声になっていた。

アレクは、密かに〈診断〉を使う。

患者：カリーネ・フォン・ヴェルトロ（二十三歳）
病名：なし
余命：六十二年

患者：ヨゼフ・フォン・ヴェルトロ（二十三歳）
病名：後天性《こうてんせい》男性《だんせい》機能《きのう》不《ふ》活症《かつしょう》
余命：五十九年

ヨゼフが、本来であればあと四年後に亡くなっていたことを知ったアレクは、本当に若返り薬を渡せてよかったと思う。

そして、期せずして彼らに子供ができない原因がわかった。

何らかの原因で、ヨゼフが子供を作れない病にかかっていたのである。

不妊治療薬を作るより、手元にある『エリクサー』の方が手っ取り早いと考えたアレクは『エリクサー』を渡すべくヨゼフに声をかける。

「父上、喜んでいるところ申し訳ないのですが、これを飲んでください。診断した結果、子供ができない原因は父上にありました。これを飲めば病気は治り、新しい命を授《さず》かることができます」

「え？　まさかワシじゃったとは……カリーネ、昔は辛い思いをさせてすまなかったのぅ」

それを聞いたカリーネは、泣きながらヨゼフを抱きしめる。

「あなた、いいのですよ。私を見捨てずに、ずっと側にいてくれましたし、辛さもあったけど、嬉しいことの方が多かったわ。さぁ、アレクちゃんがせっかく用意してくれたのだから飲ませてもらいましょう」

ヨゼフはずっとカリーネ一筋で、周りから何を言われようと、別れることも側室を娶《めと》ることもしなかった。

カリーネの本当の気持ちを聞いて、ヨゼフは泣きながら彼女を抱きしめる。

アレクは、本当に仲がいい素敵な夫婦だなと眺めていた。

「カリーネ、すまんのぅ。もう大丈夫じゃ。アレク、ありがとうのぅ」

ヨゼフはそう言って、薬を飲み干す。

すると先ほどのように、ヨゼフから眩い光が放たれた。

光が収まると、アレクはすぐに〈診断〉をする。

患者：ヨゼフ・フォン・ヴェルトロ（二十三歳）
病名：なし
余命：五十九年

ヨゼフの病気が治っていることを確認したアレクは、喜びの声を上げる。

「父上、病気は治っています。本当によかったです」

ヨゼフとカリーネは、嬉しさのあまりアレクを抱きしめる。

「アレクちゃんがいて本当によかったわ。毎日が明るくなって幸せだし、こうやって私達を何度も助けてくれたり、世界一の息子だわ」

「アレク、ありがとう。助けてもらった分、親としてアレクに返していくからのぅ」

それを聞いたアレクは、思わず涙を流す。

自分を必要としてくれる人など、前世を含めて何十年振りに出会った。

ヨゼフとカリーネには大切にされていると思っていたが、改めて言葉にして言われると嬉しさが溢れる。

「父上、母上、俺も幸せです。二人の息子でよかったです。あと、父上は若返ったのに、その口調なのですね」

ヨゼフは相変わらず、『じゃ』とか『のぅ』を語尾に付けているので、アレクは思わず指摘してしまう。

「そうじゃな……あ！　もう癖じゃ。ワシはこのままでいこうと思う。それよりも、蘇生薬の話をせねばのぅ」

カリーネは「もうあなたったら」とヨゼフの横で微笑みながら言っている。

その後、みんなで思わず笑い合ってしまう。家族仲睦まじい光景が広がるのであった。

アレクは死者蘇生薬の話をしようとするが、二人があまりにも美男美女で、そこに触れる前に薬の話はできないと感じていた。

「死者蘇生薬の前に、父上と母上、美しすぎませんか？　なんですか？　母上の、白くきめ細やかな肌に綺麗なブロンドヘアー！　そして、極めつけにスタイル抜群じゃないですか!?　父上もです、体格もよくて細マッチョで、シルバーのカッコいい髪にキリッとした目……こんなことってあるのか!?」

アレクはあまりの衝撃に、前世で使っていた「ブロンドヘアー」や「細マッチョ」といった言葉を口走る。

ヨゼフもカリーネも、アレクに急に褒められて困惑し、カリーネは顔を赤くして照れ、ヨゼフも満更《まんざら》ではなさそうに髪をかき上げる。

「ほそまっちょ？　はわからんが、そんなに褒められたら恥ずかしいのぅ。まぁカリーネは、美人じゃがの。このワシが唯一惚れた女じゃからな」

（このカッコいい男は！　平然とその言葉を言ってのけるなんて、父上のような美男にしか無理ですから！）

アレクは脳内でツッコミを入れ、カリーネは、余計に頬を染める。

「アレクちゃん、嬉しいわぁ。そんなに褒められたのいつ振りかしら。それに、あなた……唯一惚れたなんて恥ずかしいわよ」

普通なら鳥肌が立ちそうな会話なのに、アレクは美男美女すぎて成り立っているなと感じてしまう。

落ち着きを取り戻したアレクは、改めて神妙そうに口を開く。

「父上、母上、取り乱してしまい申し訳ございませんでした。死者蘇生薬の話をしましょう。父上は、死者蘇生薬を使うことについてどう思われますか？」

アレクは真剣な表情で二人に問いかける。

「ノックス師匠からは、俺がキースさんが亡くなったことに責任を感じているとを話したら、自惚《うぬぼ》れるなとお叱りを受けました。お叱りはもっともだと思いますが、蘇らせることができるなら、それが一番いいのではとも思っています」

確かに、これからも死を目にすることは免《まぬが》れないのだから、全てを救うなんておこがましいことを言う気はアレクにはない。

ただアレクは同時に、身近で自分のために動いてくれた人が死ぬのは、やはり嫌だとも感じる。

アレクはその二つの相反する気持ちをうまく整理できないでいた。

「ゴホンッ！　ではそろそろ蘇生薬の話をしようかのぅ。まずは、ワシは死者蘇生には反対じゃ。アレクの言うこともわかるが、やはり神への冒涜《ぼうとく》になる」

ヨゼフは咳払いをした途端真面目な顔になって、アレクに向かって語りかける。

「あと、アレクに覚えてほしいのは、たとえ便利な薬でも、やはり全員は救えないということじゃ。いつか薬だけではどうしようもない時が来るじゃろう。来ていないことを言ってもわからんじゃろうが、心の片隅に入れて、薬を使う時は思い返してくれると嬉しいのぅ」

「父上……確かにそうですね、俺も、薬に頼りすぎるのはよくないと考えていました」

アレクもヨゼフ同様に真剣な顔で頷いた。

「じゃが、そうなった時は、ワシらがアレクを支えるからのぅ……安心するんじゃよ」

「そうよ。私達がいるわ。これでも、由緒《ゆいしょ》ある子爵家ですからね。どんなことがあってもアレクちゃんを守るわ」

ヨゼフとカリーネにそう言われ、アレクは未熟な自分を恥じると同時に、二人からの愛を感じ嬉しくなる。

「ありがとうございます。死者蘇生薬は封印しておきます。俺の考えが甘かったです」

アレクは頭を下げ、心からの感謝を口にした。

そして姿勢を戻し、ふと気になったことを聞いてみた。

「あと、気になっていたのですが、何故、父上は子爵止まりなのですか？　凄い功績をあげていると思うのですが……」

「そうじゃな。自分で言うのもなんじゃが、侯爵《こうしゃく》くらいにはなれたじゃろうな。だがのぅ、陛下からの任務は極秘、公にはできん。それが理由じゃ。まぁワシは、欲がないから、自領が潤っておればそれでよい。あとはカリーネとアレクと屋敷のみんなが幸せならそれでええわい」

アレクは、欲がなく領主としては理想的な人だなと思う。

「ありがとうございます、父上の考えがわかりました。父上は、最高の領主様です。俺はそんな父上を尊敬します」

面と向かって息子から褒められたヨゼフは、頬を掻きながら少し顔を赤くする。

「アレクに言われると嬉しい反面恥ずかしいのぅ。ありがとう、アレクよ。おぉ！　そうじゃ、まずは、セバンを呼んでワシらが若返ったことを伝えて、みんなに公表しないといかんのぅ」

「じゃあ俺がセバンを呼んできますよ。驚かせたいでしょ？」

アレクがそう言い、二人も同意する。

悪巧みをする三人の顔は実にいい笑顔だった。

それと、何故アレクがセバンを呼び捨てにしているかというと、段々と子爵家の暮らしに慣れてきて、よく話すようになったからである。

その後、アレクはすぐにセバンを呼びに行き、執務室まで連れてきた。

「セバン、入る時はノックだけで、許可を待つ必要はないって父上が言っていたよ。なんでも凄く緊急らしい」

これは、声でバレないようにするため、呼びに行く前にヨゼフと決めたことだ。

「わかりました。アレク様」

セバンはノックをしてからすぐにドアを開ける。

「……」

若返ったカリーネとヨゼフを見て沈黙し、徐々に口と目が開き、そのまま固まるセバン。

「セ、セバン、ワシじゃ。ヨゼフじゃ……完全に固まっておるのぅ」

ヨゼフは、どうしたものかと声をかけるが反応がない。

そうしていると、カリーネがセバンに近づいて、耳元で大きな声を出す。

「おーい！　しっかりしなさい！」

「……うぇ？　お？　え？　カ、カリーネ様ですか⁉　それに旦那様ですか⁉」

普段冷静なセバンが、大声を出して驚く。

「ワシら、若返ったんじゃよ。アレクの薬でな」

「旦那様、頭が付いていきません。若返った⁉　いや、そんなわけ……でも昔のお姿が目の前に……本当に若返ったのですね」

やっと脳が追いつき、情報整理ができたセバンは正気を取り戻す。

「そうなのよ。体が軽くて最高だわ」

「アレク、すまんが、セバンにも若返りの薬を渡してやってくれんかのぅ？」

「構いませんよ。あとで作って持っていきますね。セバン、部屋に持っていけばいいかな？」

どんどん進む話に、セバンの頭はまた混乱し始める。

「ちょっとお待ちください。わ、私もいただけるのですか？」

「父上からのお願いだから、渡すよ」

セバンは、急にキリッと真顔になり嬉しさを隠すが、内心では小躍りしていた。

「は、はい！　旦那様、アレク様、ありがとうございます」

声が上ずって、喜びを隠しきれていないセバンを見て、三人は思わず苦笑してしまう。

「セバン、先に皆を集めてくれんか？　ワシ達がこうなったことを伝えないとのぅ」

「わかりました。すぐに皆を集めてまいります」

早く終わらせて自分も早く若返りたいという思いから、セバンはすぐに飛び出していった。


ホールに集められた使用人と騎士達は、またアレクが凄いことをしたのだろうと予想していた。

セバンが来たかと思えば、後ろから美男美女とアレクが姿を現した。

みんなは、誰だと疑問に思うよりも前に、美男美女すぎて、女性はヨゼフをうっとりと見つめてしまい、男性はカリーネに見惚れてしまっている。

だが一人だけ、美男美女がヨゼフとカリーネだと気付く者がいた。

長年勤めているメイド長のコリーだ。だが、彼女は騒ぐことなく二人の言葉を待っている。

「皆の者、よく集まってくれた。ワシは、ヨゼフじゃ。若返りの薬でカリーネと共に若返ることができた。驚くのは無理もないが、今まで通り接してくれると助かるのぅ」

それを聞いたみんなは頭に疑問符を浮かべている。

どこかに本物のヨゼフとカリーネが隠れていて、驚かせようとしているのか？　などと初めは考えていたが、セバンもアレクも真剣な表情なので、使用人達は次第に信じ始める。

ヨゼフに続いて、カリーネが口を開く。

「皆さん、驚かせてしまってごめんなさい。いつも私達のために、ありがとうございます。主人と一緒に若返っちゃいました。これからも主人共々よろしくお願いしますね」

メリハリを付けたカリーネらしい挨拶を聞いた使用人達は、本当のことなのだと確信し、一斉に叫ぶ。

「「「えぇぇぇ!?　旦那様とカリーネ様!?」」」

その驚いた様子を、アレク達三人は笑いながら見ている。

さらにアレクは、セバンにある物を密《ひそ》かに渡して耳打ちをする。

「セバン、これを飲んで。みんなが余計驚くところが見られるから」

「アレク様、本当にいただけるのですね。ありがとうございます。わかりました。皆を驚かせるとしましょう」

そう言ってセバンは前へ出た。

アレクが何を言ったのか明白だったので、ヨゼフもカリーネも成り行きを見守る。

「皆様、驚いているところ、申し訳ございませんが、私にご注目ください」

そう言うとなんの躊躇もせず、セバンは小瓶の中身をゴクリゴクリと飲み干した。

するとヨゼフ達と同じように、セバンの体から眩い光が放たれる。

それが収まると、そこには、服の上からでもわかるほどの筋肉の鎧を身に纏った、少しヤンチャそうな黒髪のカッコいい男性が現れた。

ホールにいたみんなは呆然と立ち尽くし、声すらも上げることができずにいる。

「この湧き上がる力、それにこの肉体は、まさしく若い頃のものですね。アレク様、本当にありがとうございます」

セバンはそう言ってアレクに向かって頭を下げる。

アレクは「絶対さらに強くなろうとしているのだろう」と感じていた。

いち早く混乱状態から復活したのは若いメイド達であった。

今まで、仕事や給金や屋敷の環境に不満はなかったが、唯一の不満は屋敷内に若い男が少なかったことだ。騎士達は訓練場にいることが多いため、顔を合わせることは少ない。

それがどうだろうか？　目の前に美男子が二人も現れ、しかも、一人は旦那様、もう一人は、よく顔を合わせる上司に当たる人だ。

こんな嬉しいことはないといったように、あちこちで、「キャー」と黄色い歓声が上がる。

「皆の者、一度落ち着くんじゃ」

ヨゼフにそう言われ、メイド達は一斉に静かになる。

「流石は、子爵家の使用人と騎士じゃな。それでは、ワシらは、これにて失礼するが、くれぐれもこの件は内密にしてくれ。このあと、セバンから説明があるので、この場でよく聞くように。以上じゃ」

それからヨゼフは、セバンに「あとは頼むぞい」と告げてカリーネとアレクと共に、ホールから去っていった。

◆　◇　◆

その頃、王城にある国王の執務室で、アントンと国王が話をしていた。

「バーナード伯爵家の調査が終わり、結果をご報告しに参りました」

アントンはバーナード伯爵家に色んな人物を潜り込ませたり報酬を渡したりして、情報を収集していた。

「うむ。ご苦労だったな。それではどうなったか話してみよ」

国王は豪華な椅子に座りながら話を聞く。

「まずは、領地の税率からです。最近六割から七割に引き上げられたとのことです。民は、このままでは餓死《がし》すると嘆《なげ》いております。それから、スパイを潜入させ確認したところ、横領《おうりょう》と暗殺依頼の証拠を発見いたしました。全て持ち帰っております」

国王は頷きながらアントンの報告を聞いている。

「次に、買収したメイドによると、アレクくんは、毎日チェスターという執事から暴言と暴力を受けていて、実の兄ヨウスに模擬戦中に殺されかけたとのことです。メイドには、取り引きを持ちかけて証言する代わりに免罪にするということで話はついております。その際に、誓約を結ばせておりますので漏れる心配もございません」

次々と出る不正や犯罪の数々に、国王は頭を抱えた。

しかし嘆いてばかりでは始まらない。国王は頭を切り替え、アントンに指示を出す。

「近々日程を調整して晩餐会《ばんさんかい》を開け。意気揚々と来たバーナードのクズをその場で粛清する。そのメイド以外は全員粛清対象だ。当日、現場に騎士団を派遣して全員捕まえるのだ。いいな？」

アレクとヨゼフが考えた復讐計画は、晩餐会だと喜んで来たバーナード一家をその場で粛清するというものだった。

国王もノリノリで、当日芝居をするつもりでいる。

「ハッ！　かしこまりました。すぐに準備いたします……陛下、私も腸《はらわた》が煮えくり返りそうです。せっかく陛下が平穏な王国を築こうとしているにもかかわらず、このような行いをするとは許し難いです」

国王が国をよくするためにどれだけ頭を悩ませていたか知っているアントンは、バーナード一家を許すことができなかった。

「ワシもバーナードの行いは許せん。法に則《のっと》り一番重い刑に処してやろうではないか。それに、人数も多い、有益に使わなくてはな」

この瞬間、バーナード伯爵家の未来は終わりを迎えたのである。

◆
◇
◆

ドラソモローン・エミポグポロスのアジトの中の会議室に、メンバーが集まっていた。

議題は、ナンバー9の死とこれからについてだ。

「任務中の者もいる中、集まってくれて感謝する。皆知っての通り、ナンバー9が殺された。殺したのはヴェルトロ子爵家の騎士の一人だ。これは、我が相手の戦力を見誤ったせいだ。すまなかった」

ゼロは、テーブルに手を付いて頭を下げる。

それを見た全員が立ち上がって止めようとする。

「ゼロ様、今すぐお顔を上げてください」

「ナンバー9が弱かったせいです。ゼロ様は悪くありません」

ナンバー2とナンバー4がいち早く口を開いた。

「お前らは優しいやつらだな。だが、これは我の失敗だ。受け入れてほしい。それから、ナンバー2とナンバー3に任務を与える！　ナンバー10に相応しいやつを探し出せ。それに伴い、現ナンバー10はナンバー9に昇格とする」

ナンバー2が代表して立ち上がりゼロに答える。

「ハッ！　必ずやご期待に沿う人材を探してまいります。ナンバー3、見つけ出す過程で人は殺すなよ」

ナンバー2はゼロに向かって答えたあと、ナンバー3に釘《くぎ》を刺す。

組織に加入するのに十分な戦力を持っていても、ナンバー3からしたら遊び相手になってしまう。

ナンバー2は、調子に乗ったナンバー3がそのまま殺す恐れがあることを危惧《きぐ》していた。

「大丈夫、今は子爵家にいた大剣持ちにしか興味がないんだ。僕よりも強そうだったんだ。だから今はアイツをどうやって倒すかしか考えられないよ」

だが、ナンバー3からは意外な返答が返ってきた。それに反応したのが、口の悪いナンバー5だ。

「おい！　どういうことだナンバー3。てめぇ並に強いやつがいんのかよ」

「うん、命令になかったから直接は戦わなかったけど、ゾクゾクしちゃったね。今思い出しても……ハァハァハァ、早く殺《や》り合いたいよぉ」

恍惚《こうこつ》とした表情を浮かべながら語るナンバー3に、ナンバー5は気持ち悪さと恐怖を覚える。

このままだとナンバー3は永遠に惚《のろ》け続けると感じたゼロが割って入る。

「ナンバー3、何故我にその報告をしなかったのだ。予定を大幅に変更しなければならないだろう。今狙えばこちらにも被害が及ぶか……各位へ、これよりヴェルトロ子爵家に対する手出しの一切を禁ずる。いずれ相まみえる時が来よう、それまで各々《おのおの》鍛錬を怠るな。以上、解散だ」

みんなが「ハッ！」と了解の意思を示している中、ナンバー3はしょぼんとしていた。

ゼロに怒られたこととノックスと戦えないことでテンションを下げているのだ。

ナンバー2がナンバー3の肩に手を置き慰める。

「ゼロ様は、いずれ戦うとおっしゃっていましたよ。その時、大役を譲りますから、今はナンバー10を探す任務に専念してください、わかりました？」

「うん。大丈夫」

ナンバー3は両目に溜めた涙を袖で拭って、ナンバー2に抱きつく。

ナンバー2は「ゼロ様、俺はこの子のお守りですか」と辟易《へきえき》するのだった。

◆◇◆

一方、若返り事件から一日が経ったヴェルトロ子爵家では、午前中に王城から来た使者に、使用人が暗殺者の死体と暗殺者の情報を渡していた。

それが終わった午後は、今回の戦いで犠牲になった者達を弔うために、ヨゼフ、ノックス、アレクと何人かの使用人で墓地に向かう。

全員が黒の喪服を着て目を瞑り、犠牲者の安らかな眠りを願いながら、司祭の祈りと共に死者をあの世に送り出していた。

司祭の祈りが終わり、アレクは一人一人の墓の前で膝を突きながら、改めて挨拶とお礼をしていた。

そして最後にアレクはキースの墓の前で、溢れる涙を拭いながら祈り始める。

「キースさん、アレクです。守っていただきありがとうございました。今回の襲撃で、多くのことを学べました。悲しさや後悔はありますが、胸に秘めてそれを糧《かて》に生きていきます。キースさん、本当にありがとうございました」

泣きはしているものの、後悔の言葉は述べずに、アレクは未来への前向きな言葉とお礼を述べた。

「アレク坊、成長したな。子供の成長は早いもんだ」

ノックスに成長したなと言われ、アレクは素直に嬉しいと感じる。

「そうですね……本当は後悔に苛《さいな》まれていますが、そんなことを言ってもキースさんは喜ばないかなって。それより、師匠が言ったように強くなって、その姿を見せに来ようと思っています」

ノックスがガシガシとアレクの頭を撫でる。

その光景をヨゼフとカリーネは微笑みながら見守っていた。

「強くなれアレク坊。俺を超えるくらいにな。キースもきっと強くなれと言っているさ。それが、戦いに身を置いて死んでいった者達への恩返しになる、俺もそう考えている」

「はい！　師匠、戻ったら訓練をお願いします。早く強くなりたいです」

ノックスはフッと笑い、アレクを抱っこする。そして、「俺に息子がいればこのくらいの年になっているだろうな」と思っていた。

アレクは、凄く恥ずかしそうにしている。

「師匠、恥ずかしいです。俺もう十歳ですよ」

そんなことはお構いなしに、ノックスはアレクを抱っこし続ける。

彼はこの時、「俺は死んでもこいつだけは守る」と心に誓った。

◆　◇　◆

その頃、アレクが改革するよう指示した冒険者ギルドでは、ゴルドンが毛のない頭を抱えていた。

前頭部だけだった彼のハゲは、ストレスでどんどん抜け毛が酷くなり、頭頂部まで進行している。

「あぁぁぁぁ！　こんなにも、問題のある冒険者が多いとは……過去に一度しか来ていないパーティーもいるんだぞ。こんなもの、どうやって解決すりゃいいんだ」

アレクが来て以来、ゴルドンはずっとこんな毎日を過ごしている。悩みは増えるが毛は減る一方だった。

そんなゴルドンに対して、サブギルドマスターのニーナという女性が呆れ気味に声をかける。

「はぁ、私のいない間に安請け合いするからですよ。一応、子爵家に妥協《だきょう》してもらう前提で改善案をまとめましたので、目を通しておいてください。それと、子爵家に行く際は、念のため私も付いていきます」

ニーナはゴルドンに代わってギルド改革の案をまとめていた。

彼女は、元々受付嬢だったが、二年前、二十五歳という若さにしてサブギルドマスターになった。

「おぉ、ニーナは神様だ。どれどれ……うむ……ニーナ、俺に代わってギルドマスターになるか？」

まとめられた案が、自分には思いつかないような立派なものだったので、ゴルドンは、自分はもう必要ないだろうとすら感じた。

「嫌ですよ面倒くさい。ギルドマスターなんかになったら、結婚が遠のくじゃないですか」

仕事ができてサバサバしているように見えるニーナだが、本当は白馬の王子様が迎えに来てくれると信じているような乙女《おとめ》な部分も持ち合わせていた。

だが、二十代前半でも行き遅れなこの世界において、二十七歳とはもう結婚を諦めないといけない年齢だ。

「ニーナ、諦めも肝心だ。二十七なんだからここで一発、仕事女になれ」

「うるさいわハゲ！」

ニーナが放ったアッパーが見事にゴルドンの顎を捉える。

ゴルドンは仰向けに倒れ、ハゲという言葉に意気消沈するのであった。


そんなやりとりをした少しあと、ゴルドンとニーナは、馬車でヴェルトロ子爵家の屋敷に向かっていた。

「ニーナ、大丈夫だろうか？　うまくいくだろうか？」

ゴルドンはニーナがまとめた案を何度も見直しながら不安そうに呟く。

「ギルドマスターは黙っていてください。私が話しますから」

ニーナはこんな状態のギルドマスターに交渉を任せていられないと思っていた。

「そうか……すまんな……やっぱりギルドマスターを譲ろうか？」

話し方も弱気になり、何かにつけてニーナをギルドマスターにしようとするゴルドン。

「何度も言わせないでください、私はサブでいいです。それよりも、着きましたよ。降りないと……えっ？」

馬車が子爵家に到着し、扉が開けられる。

ニーナは、馬車の扉を開けてくれたのはてっきりセバンだと思っていた。

子爵家の屋敷には何回か所用で来たことがあったが、いつもあの老齢の執事が丁寧に迎えていたからだ。

だが今は、ヤンチャそうな顔の若い美男子がドアを開けていたので、ニーナは驚きを隠せなかった。

「ゴルドン様、ニーナ様、応接室で旦那様とアレク様がお待ちです。ご案内いたしますので、参りましょう」

ニーナは美男子の優雅な所作に見惚れてしまう。若いので新人かと思いきや、かなり洗練《せんれん》されている動きだ。

「案内よろしく頼むぞ。君と会うのは初めてだが、セバンは休みなのかな？」

気になっていたことをゴルドンが普通に聞いてくれたので、ニーナは、たまにはやるじゃないと思う。

「フフッ。私がセバンですよ。実は若返りましてね」

セバンが得意げにそう言って、二人とも困惑の表情を浮かべる。

「からかっているのか？　子爵様に伝えてもいいんだからな」

自分達がからかわれていると思い、ゴルドンはセバンに凄む。

「やはり気付いてはもらえませんか……二十年前、ゴルドン様が女性に振られた時に、たまたま居合わせて慰めた記憶がまだ残っているのですが。ゴルドン様は忘れてしまったのでしょうか？」

恥ずかしい過去をほじくり返され、ゴルドンは途中から「ああ！」と言いながら慌て出す。

「セバンに教えられたのか？　言わない約束だったはずなのに！　おい、すぐにセバンの所に案内しろ！　文句を言ってやる」

ゴルドンはまだ信用しておらず、セバンは応接室にいると思い込んでいた。

やはりすぐに信じてはもらえないかと思ったセバンは、ゴルドンとニーナを無言のまま応接室に案内し、ノックをして中にいるヨゼフに声をかける。

「ゴルドン様とニーナ様をお連れいたしました」

「入ってもらってくれ」

ヨゼフの許可が出され、セバンがドアを開ける。

ゴルドンとニーナが目にしたものは、またも若くてカッコいい男性と、アレクだった。

二人はソファーに座って、ドアの前にいるゴルドンとニーナを見ている。

「アレクから話は聞いておる。よく来てくれたのぅ。ゴルドンとニーナよ。入り口で突っ立っとらんで、中に入って座ってくれんか」

そう話しかけられて、ゴルドンとニーナは再び困惑する。

「僭越《せんえつ》ながら申し上げますと、ゴルドン様とニーナ様は、私達の変わりようを信じることができていないようなのです」

そんなセバンの言葉に、ヨゼフは深く頷く。

「そりゃそうじゃな。ゴルドンにニーナ、ワシらは、ある行商人から若返りの薬を手に入れたんじゃ。これは冗談ではない。そうじゃな……アレク、その行商人から買ったあれを出してくれんか？　あれを渡せばゴルドンは信じるはずじゃ」

信用されない時のために、アレクは事前にある薬を用意していた。

それは毛生え薬、『どんな頭皮《とうひ》もフサフサ薬』だ。

効能は、『どんなに毛根が死滅していようとも、一瞬であの懐かしい自分に元通り』である。ただし効果は永続ではなく、三日に一度、頭皮全体へ塗り込まなければならない。そうしないと、生えた毛が全て抜けてしまう。その他の副作用については使ってみないとわからない。

「はい。父上、例の薬です」

アレクはそう言って、紫色の液体が入った瓶を取り出した。

ゴルドンは謎の薬を飲まされそうになり、気が気でならない。

「ゴルドン、これはどんなに禿《は》げていても、すぐ髪が生えるようになる毛生え薬じゃ。凄く高かったんじゃが、試してみんか？　頭皮全体に塗り込めばよいだけじゃよ」

得体の知れない紫の薬に躊躇していたゴルドンだったが、ヨゼフの「どんな禿げていても」という言葉に反応し思わず手を伸ばす。

そして気付けば薬を頭皮全体に塗り込んでいた。

全体に塗り込んだ瞬間に、ニョロニョロと芽が出てくるように、髪の毛が生えてくる。

数秒後、肩の辺りまで伸びたところで成長は止まった。

「うおおお、俺の髪がフサフサになっている！　毎日刺激を与えても、商人に買わされた育毛剤も効かなかった俺の髪が！」

そこには、ずっと髪をナデナデしているおっさんが誕生していた。

毛生え薬の効果を見て、ゴルドンとニーナの心情は疑いから確信に変わりつつあった。

「す、凄いですね。もしかして、本当に若返りの薬を飲んだヨゼフ様にセバンさんなのですか？」

ニーナが戸惑いながらもヨゼフに尋ねる。

「そうじゃ。驚いたじゃろ？　それよりも、そろそろ本題に入りたいのじゃが……ゴルドンは無理じゃな。ニーナ、すまんが、代わりに説明を頼むぞい」

ゴルドンは、何十年振りかのフサフサの髪に酔いしれており、説明どころではない。

子爵を前にして無礼な振る舞いだが、ヨゼフは笑って見ていた。

「ヨゼフ様、申し訳ございません。あとでギルドマスターには、よくよく言い聞かせますので――本題ですが、これがギルドに来る冒険者を調査した結果の資料になります。正直言いますと、過去の悪事をさかのぼって罰することは難しいです」

アレクは、資料に目を通しながら、ニーナの説明に耳を傾ける。

ニーナはアレクとヨゼフを交互に見ながら、言葉を続けた。

「ギルド本部にも国全体でそうした悪事を犯した冒険者を処罰《しょばつ》する仕組みを作れないか、問い合わせをしたのですが……全く取り合ってもらえず、ストレンのギルド支部内だけでどうにかしろと言われました。ただ、我々の支部には、資金的な余裕がなく、新たにそうした取り締まり部隊を設立することは難しいです。そこで、子爵家から騎士を出していただくか、資金提供をお願いできないでしょうか？」

どうにかしようと頑張ったことが伝わる内容と資料に、アレクは素直に感謝したいと思った。

資料を見ていたヨゼフが口を開く。

「まずは、ストレン領のために尽力してくれてありがとう——それでじゃ、騎士を出すのは構わんが、条件を出すから、持ち帰って検討してほしい。というのも、騎士を出す代わりに、アレクと騎士の訓練に、ギルドの訓練場を使えないかのぅ。冒険者の戦い方を学ぶいい機会じゃし、そちらにとっても、訓練の機会が増えることは悪いことではないであろう？」

「ヨゼフ様、ありがとうございます。訓練場を使うことは問題ありません。それでは部隊の詳細については近日中に改めて計画書を作りお持ちいたしますので、今後ともストレンのギルド支部をよろしくお願いします」

そう言うと、ニーナはまだフサフサの髪に酔いしれているゴルドンの頭を引っ叩いて、耳を掴んで出ていった。

アレクとヨゼフは、これを機に、ストレン領ギルド支部がより良い方向に進むように願う。

「父上、今回の件、ありがとうございます」

そのアレクの言葉を聞いたヨゼフは、アレクを抱きしめて親子の愛を確かめ合った。

その日の夕食後、ヨゼフに呼び出されたアレクは、書斎に向かっていた。

執務室ではないということは、プライベートの用件だろうとアレクは当たりを付けていた。

アレクはトントントンとドアをノックする。

「父上、アレクです。入ってもよろしいですか？」

「おぉ。アレクか、入りなさい」

ヨゼフは嬉しそうな声で入室を許可する。

「父上、用件とは一体なんでしょうか？」

「アレクよ、また口調が戻っておるぞ」

アレクはヨゼフに対してなかなか砕けた言葉遣いをすることができず、普段通りの敬語になってしまっていた。

「お父さん、まだ慣れないよ。頑張ってみるけどね」

たどたどしくだが、砕けた言葉遣いをするアレクに、ヨゼフは笑みを浮かべる。

「やっぱりいいのぅ。貴族だからと常に気を張っとらんといかんのは、健康に悪いからのぅ……おっと、そうじゃなかったわい。アレク、ついにバーナード家を粛清する日が決まったようじゃ。七日後じゃよ」

それを聞いたアレクは、とうとうこの時が来たかと思い、長かったような短かったような感覚に襲われる。

「それとのぅ、アレクの件以外にも、山ほど不正の山が出てきたようじゃ。その日は、王城で晩餐会が開かれる……バーナード伯爵家は油断しておるじゃろうから、その時にまとめて粛清する。それと、当日は、何があるかわからんから、アレクには、セバンを護衛に付けようと思う。陛下には、セバンをワシの遠い親戚としてねじ込んでもらえるよう、早馬で書状を送るわい」

「お父さん、陛下はとことんやるようだね。やっと復讐できるよ。でも、もし逆上して襲ってきたらセバンに任せればいいの？　それとも、俺も手を出していいの？」

アレクは襲われたなら、徹底的にやり返してやりたいと考えていた。

「襲ってきたらとことんやってよいぞ。まあ、以前聞いた話じゃと、短気な家系のようじゃし、向こうから何かしらの行動はしてくるじゃろう。例えば、決闘《けっとう》を申し込んでくるとかのぅ……」

「決闘ならありがたいね。負けたら全財産を没収するとか、誓約を結んでから打ち負かしてやりたいよ。使用人も許す気はないからね。全員地獄に送ってやる」

不敵な笑みを浮かべるアレクに、ヨゼフはあえて何も言わない。

普通ならそんな物騒な考えは捨てろと言うところだろうが、殺されかけた人物を前に許すことなどできる人間はいないとヨゼフは思っているからだ。

「そりゃええのぅ。使用人に関しては、陛下がしっかりやってくれるようじゃぞ。そうじゃ、ワシが若返ったことを伝えておかねばな。今から全員の驚く顔が楽しみじゃわい」

「伝えておかないと別人だと思われて、王都の入り口で通行証を見せた瞬間、連行されかねないね。若返る薬を先に渡したのは、間違いだったかな？　伯爵家に復讐したあとの方がよかったかな？」

アレクは自分のせいで手間が生じてしまったと感じ、申し訳なく感じる。

「そんなことはないぞ。王都への旅はだいぶ楽になるじゃろうし、今までのワシは襲われたらただのお荷物じゃった。今なら多少は魔法も使えるし剣も扱えるから、そうはならんわい。これが若返りの一番の成果じゃな」

旅と聞いて、アレクは馬車のことを思い出す。前回馬車に乗った時、振動がひどくてお尻が痛くなったのだった。

どうにかサスペンションでも付けられれば、いくらか振動は抑えられるだろうと思い、アレクはヨゼフに聞いてみることにした。

「お父さん、馬車なんだけど、サスペンションを付けたらどうかな？」

アレクの思いに反して、ヨゼフは首を傾げる。

「『さすぺんしょん』とはなんじゃ？」

前世とこちらの世界の違いを失念していたアレクは、イラストで説明することにした。

「お父さん、紙と書く物を貸してくれない？」

ヨゼフは紙と万年筆をアレクに渡す。

受け取ったアレクは、覚えている範囲でサスペンションの絵を書く。前世では車に少し興味があり調べたことがあった。

ヨゼフはそれを興味深そうに見つめる。

「これがサスペンションで、馬車の衝撃を緩和《かんわ》してくれて、腰やお尻の痛みを軽減してくれるんだ。

それに、操縦《そうじゅう》も安定してやりやすくなる。衝撃を受けるとこのバネが縮んで、揺れを軽減してくれるんだ。車輪のところに付ければいいのはわかるけど、専門的なことはわからないから誰か作れないかなって」

前世では少し調べただけだったので、正確な作り方は知らない。

「興味深いのぅ。アレクが、何故こんな物を知っとるかも興味深いが、今はこの『さすぺんしょん』いうやつじゃ。これを、商業ギルドに持ち込んでもええかの？　もちろんアレクのアイディアとして登録をしておくからの」

「構わないよ。お尻の痛みがなくなれば嬉しいなと思って考えただけだから」

アレクは馬車に乗った際の尻の痛みを思い出しながら、作ってもらえるならなんでもいいと感じていた。

第六章　新たな仲間

ゴルドンとニーナが屋敷を訪れた二日後。

今日は、カリーネの病が完治したこと、アレクが養子で迎えられたこと、そしてヨゼフとカリーネが若返ったことをお披露目《ひろめ》するパレードが行われる。

新たな子爵家の姿を領民に見せようというヨゼフの考えによるものだ。

パレードは、オープン式の馬車に乗って街中を回るという形式で行われる。

前世でパレードなど見ることはあっても、見られる側になったことのないアレクは、ガチガチに緊張していた。

「父上、母上、緊張します。えっと、手を振ればいいのですよね？」

普段と違い子供用のフォーマルスーツを着て、浅い呼吸を繰り返しつつそう聞いてくるアレクに、ヨゼフとカリーネは優しく答える。

「そうじゃ、笑顔で手を振って応えてやればよい。アレクの場合は、顔を覚えてもらうのが目的じゃからの」

「そうよ、今日のアレクちゃんは、一段と可愛いのだから、手を振るだけでみんな見惚れてしまうわ」

「ありがとうございます父上、母上。ですが、こういう衣装は慣れていなくて違和感があります……」

アレクは首元を触りながら、呼吸を楽にするために襟《えり》をクイクイと広げる。

それを見ていたカリーネがすぐ綺麗に直し、アレクはまた首が苦しくなる。

「アレクちゃん、もう着くわよ。ちゃんとした綺麗な格好をしないと笑われるわ」

そう言われて前を見ると、大広場に人集《ひとだか》りが出来ていた。

騎士がしっかりと人集りを抑えて、アレク達が通る道を開けている。

三人が乗った馬車が近づいて行くと、市民達が騒ぎ始める。

「す、凄いですね。緊張が一気に来ましたよ。ど、どうしよう……」

アレクの心臓は、張り裂けそうなほど速い鼓動を打っていた。

「アレク、落ち着いて手を振るんじゃ。怖いことなど何もありゃせん」

アレクはヨゼフ言われた通りに、手を振って市民に応える。

市民から「本当に領主様？　凄くカッコイイ！」とか「カリーネ様、可愛い！」とか「アレク様～、こっち向いて！」などのもの凄い歓声が聞こえてくる。

ある程度時間が経ち、アレクも周りを観察する余裕が出てくる。

すると、領民の多くがヨゼフに向かって呼びかけをしていることに気付いた。

これも健全な領地経営の賜物《たまもの》かと、アレクは少し誇らしい気持ちになる。

「アレクちゃん、そろそろ緊張もほぐれてきたかしら？」

カリーネにそう問われ、アレクは振っていた手を降ろして答える。

「はい、ずいぶん楽になりました。それに、父上と母上が領民に愛されていることがわかり、とても嬉しいです」

そう言ったあと、アレクは改めて笑顔を作り、手を振る。

そして、ヨゼフのように認めてもらえるような人間になろうと心に決めるのであった。

◆　◇　◆

粛清が予定されている晩餐会まであと少しとなり、さらに強くなるために、アレクは訓練場で毎日ノックスの訓練を受けていた。最近では、ロイス団長や他の騎士と模擬戦をして、少しずつ成長している。

日課の魔力循環と魔力操作と剣術の訓練を終えたアレクが休憩していると、ノックスがしみじみと頷いた。

「アレク坊、魔力循環も魔力操作もだいぶ身に付いてきたな。剣術は……まだまだだがな。そこで、今後の計画を伝えたいと思う。これからは、魔力循環と魔力操作は、自分で時間を作って行ってほしい。俺との訓練の時間では、魔法を改めて基礎から教えていくのと、剣術の基礎を固めてもらう。それから、明日は奴隷《どれい》を買いに行くぞ。ヨゼフ様に事前に許可を取ってある」

訓練の結果、アレクは魔法を案外早く身に付けることができたのだが、やはり前世でイメージをしたことがない剣術はなかなか身に付かないでいた。

それよりも、急に奴隷という言葉が出てきたことに疑問を感じる。

「ど、奴隷ですか？　何故急に、そんな話になったのでしょうか？」

「アレクが今後強くなっていった時に、頼れる配下がいた方がいいだろうと思ってな、戦闘に特化したやつを探したいんだよ」

アレクは奴隷という言葉に戸惑いつつも、ノックスが自分のことを考えていてくれたことに少し嬉しさを覚えた。

「それから、晩餐会が終わったら、アレクは俺と一緒に冒険者登録をして、依頼をこなしてもらうつもりだ。その仲間の一人に、奴隷を加えようと思っている」

（確かに、転生したんだし、冒険者としてダンジョン探索をするとか一つの夢だよな……）

ノックスの『冒険者登録』という前世で聞き馴染んだ言葉に、アレクは心を弾ませる。

「なるほど、どんな人と一緒に冒険することになるか、今から楽しみです！」

「そうだな。あと、奴隷の話からは少しそれるが、俺個人の頼みで、かつてのルシファーとの戦闘で手足を失った仲間を救ってほしいんだが……もちろん、パーティーメンバーとなってもらうことを条件に、薬に関しては誓約を結ばせる。どうか頼めないだろうか？」

「はい、仲間の方もぜひ助けさせてください。英雄二人に教えてもらいながら、冒険者活動ができるなんて最高です！　あれ、でも冒険者になれるのは十二歳からじゃなかったでしたっけ？」

アレクは高揚感を抱いてノックスに答えながら、不安事項について確認する。

「感謝するよ、アレク坊。これも、ヨゼフ様には事前報告をして許可は貰っている。それと登録の件だがな、確かに冒険者となれるのは十二歳からなんだが、ゴルドンに無理矢理ねじ込まさせるさ。ほら、例のアレを見せたら余裕だろ？」

ノックスの言う『例のアレ』とは毛生え薬のことだ。そろそろ効果が切れて髪が抜けゴルドンが焦るころだ。

アレクはノックスの手回しのよさに驚いた。

「師匠はやることが早すぎますよ。それより、ギルドのルールがありますし、大丈夫ですかね？一応例のアレは、用意しますけど……」

アレクは「毛生え薬でルールを曲げるギルドマスターがいるだろうか」と内心で首を傾げる。そしてそれを見透かしたようにノックスは笑った。

「あいつは、昔から髪のためなら女も捨てるし、本部の会議すらすっぽかすほどの馬鹿だ。絶対大丈夫だから安心しろ。それより、今日から三日間は、風魔法を徹底的に鍛える。晩餐会まで時間がない。全属性を浅くやるより、応用が効く風魔法を徹底してやる方がいい。じゃあ、休憩は終わりだ。始めるぞ」

◆　◇　◆

その頃、バーナード伯爵家には王家から晩餐会の招待状が届いていた。

執務室で、ディランとアミーヤとヨウスが話している。

「王城から晩餐会の招待状が届いた。時期的にも珍しいと思い、調べてみたのだが……招待客リストを手に入れたところ、その中に、忌々しいアレクの名前があった」

ディランはそこで一度言葉を区切り、苦々しげに続ける。

「お前達には伝えていなかったが、やつの暗殺には失敗し、ヴェルトロ子爵家の養子となったようだ。たまたま領内が潤っているだけの、八十近い老いぼれが治める領だがな」

「なんですって⁉　あの忌々しい妾の子は、まだ生きていましたの？　アナタから何も言われないから死んだとばかり思っていましたわよ」

アミーヤは金切り声を上げながら文句を言う。

「父上、どうしてやつは生きているのですか？　サイモンを送ったのではないのですか？」

ヨウスもディランを問いただす。

「領内から出た時はサイモンが送った手下が、返り討ちに遭ったらしい。二回目はサイモン自ら出向いたが、その後やつは顔を見せていない。後は一度、暗殺組織の幹部がやってきた。サイモンが独断で動いたと言い、多額の金で話をつけに来たが、その時もサイモンの生死は聞いていない。正直よくわかっていないのだ」

「なんですのそれは！　アナタ、しっかりしてください。もしかして、わざと逃がしているとかないですわよね？」

アミーヤは、ディランがわざとアレクを逃がしたのではと疑い始めた。

「父上、正直にお答えください」

ヨウスも疑いの目線を向ける。

「わざと逃がすわけがないだろう。俺も振り回されてうんざりしているんだ。早く殺して解決したい。今新しい暗殺者を探しているから、少し待て」

「父上、待てません！　今度の晩餐会で、決闘を申し込む許可をください。俺はあれから団長に鍛えられ強くなりました。必ずあの時の借りは返しますから」

ヨウスは真剣な顔つきだ。だが、元々はヨウスがやってきたことの報いだということに気付いていなかった。

「アナタ、それがいいですわ。皆の前で恥をかかせてやりましょう。あわよくば事故と見せかけて殺してしまえばいいのですわ」

アミーヤもそう提案するが、ヨウスと同様に、周りのことを考えられていなかった。晩餐会で決闘など馬鹿がすることである。

「ヨウス、アミーヤ、落ち着け！　陛下の晩餐会で決闘などしてみろ。どうなるかわかっているのか、そんなことは許さんからな。話は終わりだ、出ていきなさい」

ディランは無理矢理話を終わらせる。

ところが執務室から出たアミーヤとヨウスは廊下で会話を続けていた。

「お父様のことは気にしなくていいですわよ。私が言いくるめますから、ヨウスは決闘を申し込んでうまく殺しなさい」

「わかりました、母上。必ず殺してみせます」

ディランが止めたにもかかわらず、この二人は決闘を企てていた。馬鹿はどこまでいっても馬鹿である。

◆　◇　◆

ノックスから奴隷の購入に行くと言われ、アレクはノックスと二人で馬車に乗って奴隷商に向かっていた。

「師匠、父上は奴隷という身分を作ることを嫌いそうなのに、領内に奴隷商があるんですね」

アレクはヨゼフの性格や考え方を踏まえてそう疑問に感じたため、ノックスに尋ねた。

するとノックスはいつもの落ち着いた声で答える。

「ヨゼフ様の本心はわからないが、奴隷という存在を必要悪として考えているから、排除しないんじゃないか？　まぁ、今から行く所は健全な経営をしている店で、子爵領には奴隷商はその一箇所しかない。アレク坊が奴隷にどんなイメージを抱いているか知らないが、ここの奴隷はしっかり食事も与えられている。安心していいぞ」

アレクは無意識のうちに、奴隷はよくないものだというイメージが自然と染み付いていたと、ノックスの言葉で気付く。

「今の言葉を聞いて少し安心しました。同じ人間として、酷い状態や環境にいるのは見たくないですからね」

ノックスも、「その通りだな」と相槌を打つ。

そんな話をしていると、奴隷商に着き馬車が止まり、御者が扉を開けた。

アレクが馬車から降りると、そこは綺麗で大きな建物があった。

「おっきい……」

思わず声が漏れるアレクに、話しかける人物がいた。

「ホッホッホ、アレク様とノックス様ですね。お待ちしておりました。私は、会長のヤコフと申します。それでは、応接室にご案内いたします」

ノックスが事前に来ることを連絡していたので、奴隷商会の会長が出迎えに来たのだ。

アレクは、内心焦りながらも後ろを付いていく。

流石会長というべきなのか、ノックスの顔の傷が消えていることには特に触れず、ヤコフは落ち着いて二人を案内する。

内装も綺麗で、時々いるメイドも綺麗なお辞儀でアレク達を出迎える。

アレクがそうやって観察していると、あっという間に応接室に到着しており、ヤコフ自らドアを開けた。

「ソファーにお座りください。もうすぐ使用人が紅茶を持ってまいります」

言ったか言わないかくらいで、ドアがノックされて綺麗なお姉さんが紅茶を持ってきた。

彼女は慣れた感じで紅茶を淹れて、一礼して出ていく。

「見惚れていましたが、気に入りましたかな？　うちで雇っていますが、あの使用人も奴隷なのですよ。もしよかったら、専属メイドにいかがですか？」

ヤコフはアレクに奴隷の売り込みをする。

どうしようかと困っているアレクを見かねたノックスが返答した。

「ヤコフのおっちゃん、慣れていないアレク坊に売り込みはしちゃ駄目だろう。それに、今日は戦闘に向いている奴隷を探しに来たんだ。早く連れてきてくれないか？」

ノックスがそう言うと、その返答が来ることがわかっていたかのように、ヤコフが手をパンパンと叩く。次の瞬間、部屋の中にあったドアが開き、奴隷が十人ほど入ってきた。

「アレク様、今ご用意できる戦闘に特化した奴隷は、この十名になります。ごゆっくりお選びください」

突然の出来事に困惑するアレクは、ノックスと目を合わせる。

すると、「選んでこい」と目で合図された。

見ただけではわからないので〈鑑定〉を使うが、目を引く強さの奴隷はいなかった。

アレクは率直にノックスに話す。

「師匠……正直話すと微妙と言いますか……せっかく用意してもらいましたが、強いと思われる人はいませんでした」

ノックスもアレクと同じ意見で、似たりよったりなステータスで成長の見込みを感じない奴隷だと判断していた。

「俺も、将来アレクの背中を預けられる人材はいないと感じた。ヤコフ、こいつらを下げてくれ。それと、事前に病気でも欠損していても構わないと伝えていたはずだ。あの魔族の青年を連れてきてくれ」

ノックスには事前に目を付けていた奴隷がいる。

ノックスの言葉を聞いたヤコフが、奴隷を下げさせる。

そして神妙そうに口を開いた。

「アレク様、ノックス様、先に説明しておきますが、今から連れてくる奴隷は魔《ま》ノ国《くに》の者で、帝国《ていこく》との戦争で奴隷となったものの、買い取り手がなく、こちらに回ってきた奴隷です。能力は非常に高いのですが、帝国兵の拷問により両足が欠損して呪いを掛けられており、使い物にならないかと……」

魔ノ国とは、王国から北東に位置している魔族の国だ。魔族は人間とは違う種族で、人間よりも魔力の扱いに長《た》け、寿命も長い。

魔ノ国は今アレクがいる王国の四倍の国土を有しており、魔力を用いた武器や兵器の生産に力を入れている。

また帝国についてだが、王国より東に位置しており、王国からだと一ヶ月はかかる距離にある。そのため、王国と帝国との国家間のやり取りはない。商人がたまに買い付けに行く程度だ。

国土は、王国の倍ほどで、大国であるのだが、戦争をすぐ起こす国なので王国上層部も積極的に関わろうとはしていない。

「構わない、連れてきてくれ」

ノックスがそう答え、ヤコフが目を伏せて立ち上がり、先ほど奴隷が下げられていったドアへ入る。

少しして、再びドアが開く。

そこから現れたのは、木で出来た車椅子のような物に乗せられた、額に角が二本生えた青年だった。

顔色が悪く足には血の滲んだ包帯が巻かれており、その痛々しさに、アレクは思わず顔を顰《しか》めてしまう。

ヤコフはその少年をアレク達の前まで運んだ。

「ヤコフ、悪いが席を少し外してくれないか？　今から、ここでする会話は秘密にしたい」

ノックスはその青年を見るなり、急にヤコフに言う。

「わかりました。では、少し席を外します。戻る際はノックをしますので、入ってよろしければお声掛けをお願いします」

そう言うとヤコフは、来た時のドアから出ていった。

そしてすかさず、ノックスはアレクに向き直る。

「アレク坊、お前実は俺と同じく〈鑑定〉を使えるだろ？　見ている時、いちいち顔に出しすぎだ。次から使うならもっとうまく使わないと。相手にバレるからな、気をつけろよ。それから、コイツを〈鑑定〉してみろ」

アレクは、そんなに顔に出ていたのかと恥ずかしくなる。

そして、次から気を付けるように心に留め、言われた通りに青年に〈鑑定〉を使う。

名前：パスクワーレ・ディ・ジャンティリ（侯爵家次男）
年齢：十八歳
種族：魔族

アレクとのステータス差が有りすぎて、名前と年齢と種族しか表示されなかった。

単なる魔族ではなく魔ノ国の侯爵家の次男という点で、アレクは何かに巻き込まれそうな嫌な予感を覚える。

一応〈診断〉もして体の状態を確かめてから、アレクはノックスに問う。

「師匠、ステータス差が有りすぎて大事なステータスが見られませんでした。師匠の鑑定結果を教えてくれませんか？」

ノックスはアレクの言葉に頷き、パスクワーレに向き直る。

「パスクワーレ、少し待っていてくれ。弟子と話をしたら交渉に入る」

一方のパスクワーレは、名前を言われたことに驚いたが、奴隷の身である以上頷くしかない。

「よしアレク、時間もないし重要なところ以外省くぞ。いくつかのスキルに能力倍化の〈魔眼〉を持っている。こいつは、全ての能力値を倍にできる優れたスキルだ。あと〈経験値倍化〉を持っている。それに、使える魔法も氷、炎、雷と三属性とも上位属性だ。かなりの掘り出し物だが、身分がまた厄介だな。まぁ、どうにかなるか」

アレクはノックスから告げられた奴隷の強さに驚愕《きょうがく》する。

そして、ノックスが交渉するとのことなので任せることにした。

「パスクワーレ、待たせたな。鑑定して、お前の能力は全てわかっている。お互い隠し事なしに語ろう。いいか？」

パスクワーレは、声を出さずに頷く。しかも、顔色一つ変えない。

「呼びにくいからパスクと呼ぶぞ。この方は、この地の領主ヴェルトロ子爵家の長男のアレク様で、俺達は一緒に戦う仲間を探している。そこで、取引だ。アレク様は、パスクの足と呪いを治すことができる。その怪我と呪いを治してやるから、仲間にならないか？」

パスクは、思いもよらない言葉に戸惑いながら返答する。

「そ、それは本当か？　本当なら受け入れよう。しかし、僕はアイツらに復讐をしないと、この気持ちが収まらない。いつか復讐の機会をくれると言うなら、申し出を受けよう」

そう言いながら、パスクの顔は徐々に憎しみに歪んでいった。

ノックスはそんなパスクに落ち着き払って答える。

「アレク坊も、今復讐の準備の最中だからな。パスクの気持ちを理解してくれるんじゃないか？なぁ、アレク坊？」

「そうですね。実は子爵家には養子として迎えられていて、本当の家族は伯爵家なのですが、そこで兄に殺されかけたので、復讐を考えています。だからあなたの気持ちはわかるつもりです」

アレクから復讐という言葉が出て、パスクは目を見開いた。アレクは言葉を続ける。

「それで、パスクさんを診断した結果、足が腐り始めていて感染症にかかっていて、重度の呪いと合わさって余命がいくばくもありません。俺を信用してくれるなら、この奴隷商を出て馬車に乗ったらすぐ治します。仲間になってくれませんか？　しばらくはこちらに付き合ってもらうのですぐにとはいきませんが、時が来たら復讐もしていただいて構いません」

アレクにはパスクの目に光が宿るのが見えた。アレクの言葉で、絶望の淵《ふち》から微かな希望の糸を手繰《たぐ》り寄せたのだろう。

「僕も、実の兄に嵌《は》められた。僕が領主の座を狙っていると勘違いし、僕に呪いをかけて本来の力が出せないようにして、戦場に送り出した。両足をこのようにした帝国も許せないが、あの兄を殺すまでは気が収まらない……だが、ここにいても、何もできずに死ぬ未来しか見えない。だから、あなたの言葉を信じて仲間になろう」

アレクが実の兄に殺されかけたということを聞いたパスクは、少し心を開いた。

「パスクさんもまさか兄に殺されようとしていたとは……復讐に関しては数年待ってもらいたいです。その代わり、必ずお手伝いします。師匠、手続きのやり方がわからないので、お任せしますね」

アレクの言葉に対して「わかった」と短く答えるパスク。

パスクはそのまま目を瞑り何かを考え始めた。

「アレク坊、ヤコフの指示通りにしたらすぐ終わるだろうから、それに従えばいい」

そうしていると、ドアをノックする音が聞こえた。ヤコフが戻ってきたのだ。

「ヤコフのおっちゃん、入って構わねぇよ」

ノックスが答えて、それを聞いたヤコフが入ってくる。

三人の顔を見て、ヤコフは話がうまくいったことを悟る。

「どうやらお話はまとまったようですね。それでは、早速契約をしてしまいましょうか」

「おう。アレク坊とパスクの契約を頼んだ。あと、パスクが普通の状態だったと仮定した値段で買ってやる代わりに、パスクと今後会っても何も問わないようにしてくれないか?」

「いえいえ、欠損奴隷としての代金、金貨五十枚で構いません。奴隷商としてのプライドがありますので、それ以上の代金はいただきませんし、お客様の秘密はお守りします。では、アレク様は右側に、パスクワーレは左側に、お互いの血を垂らしてください」

ヤコフは懐から契約書を取り出してアレクとパスクの間に置き、血を垂らすように言う。

アレクとパスクは、針で指を刺して言われた箇所に血を垂らす。

そうすると、契約書は淡い青い光を放ち始め、同時にパスクの手の甲に紋様《もんよう》が浮かび上がった。

アレクはそれを興味深げに見つめる。

五分ほど経って、契約書の光が収まり、ヤコフが口を開いた。

「これで、契約完了です。契約の証として、パスクワーレの手の甲に奴隷紋が刻まれています。それでは、また奴隷が必要になりましたら我が商会をご利用ください」

アレク達が契約している間に、ノックスがヤコフに代金を支払っていた。

「ヤコフさん、ありがとうございました。また何かあったら訪ねますね」

「ヤコフ、感謝している。私のような者を引き取ってくれてありがとう」

アレクとパスクが、それぞれヤコフに言う。

「パスクワーレ、幸せになりなさい。第二の人生です。悔いのないように過ごすのですよ」

ヤコフが、パスクにそう声をかける。

アレクはそれを聞いて、商人としては失格なのかもしれないが、情に厚い人物だな……と思った。

その後、ヤコフは馬車までアレク達を見送った。


三人を乗せた馬車が、次の目的地に向かうために発進する。

「パスクさん、早速ですがこちらを飲んでください。治療薬です」

アレクはそう言ってエリクサーを手渡す。

パスクは小瓶を受け取るやいなや、すぐにそれを中身を飲み干す。

パスクの全身から光が放たれ、それが収まるとそこには、足が元通りになり顔色もよくなったパスクがいた。

「嘘だろ……ぼ、僕の足が元に戻っている……」

パスクの目からポタポタと床に涙が落ちる。しばらく声をかけずに待つアレクとノックス。

ノックスも同じ経験をしているため、優しくパスクの頭を撫でている。

しばらくそうしていたパスクだったが、バッと顔を上げると、アレクに頭を下げた。

「失礼いたしました。もう大丈夫です。アレク様、ありがとうございます。それから、パスクワーレ・ディ・ジャンティリの名にかけて、あなた様を一生の主として忠誠を誓います」

「急にかしこまられると変な気分になりますね。パスクさん、これからもよろしくお願いします。ちなみに、呪いも解けていますよ」

「呪いまで……本当にありがとうございます。それより、アレク様は私の主になられるお方です。そのようなかしこまった言葉遣いはおやめください。奴隷にそのような言葉遣いをすれば、周りの人からなめられてしまいます」

「はは、確かにな」

ノックスはお互いが敬語を使う光景に笑ってしまう。普通の奴隷と主人という光景ではないからだ。

「師匠、笑わないでくださいよ。パスク、わかったよ。これからもよろしく。恥ずかしくない主人になるからね」

ノックスはぎこちないアレクの言葉にまた笑ってしまう。パスクも思わず笑ってしまい、アレクが「もう、二人して笑わないでよ」と言い、馬車の中は笑い声で溢れ返るのであった。

それから馬車はノックスの友人のもとに向かっていた。

馬車に揺られながら、アレクはノックスに気になっていたことを聞いてみる。

「俺は、種族で差別はしないつもりなんだけど、人間社会で魔族は差別の対象になるのかな？」

前世で見たファンタジー作品では、異種族だからと差別される描写が描かれることがよくあったので、アレクはこの世界はどうなんだろうと純粋に疑問を抱いていた。

「帝国は人間至上主義国家だから、激しい種族差別がある。使い捨てのように魔族や獣人を奴隷にしている。王国も、場所によって差別はあるが帝国ほどではない。反応次第では、俺達がパスクを守ってやらないとな」

ノックスにそう教えてもらい、アレクは帝国に生まれなくてよかったと思った。できれば色んな種族と関わりたいと考えているからだ。

アレクは、少し嫌悪感を出しながら答える。

「帝国には行きたいと思いませんね。最低な国です。そうですね、屋敷の皆にパスクが受け入れられたらいいのですが……もしかすると、角に驚くかもしれませんね。でも、何があろうとパスクを守ります」

パスクは二人の会話を黙って聞いていた。

そもそも彼には人を見た目で判断する人間が理解できない。何故、他人と少し違うだけで、そこまで差別の対象にするのだろうと疑問に思っていた。

だがそれも、人間の国ならではなのだろうと、あえて口を開くことはしなかった。

そうこうするうちに、馬車が停車する。

「パスクは、悪いが馬車で待っていてくれるか？　俺の古い友人なんだが、パスクと同じで足を欠損していて、あまり大勢で押しかけると、精神的に負担になりそうなんだ」

「パスク、ごめんね。すぐ戻ってくるから待っていて。これが終わったらパスクの服を買いに行こう」

ノックスとアレクにそう言われ、パスクは頷く。パスクは、奴隷にわざわざ説明する必要もないのに……優しい人だなと思った。

「では、私は馬車の中でアレク様のお帰りを心よりお待ちしておりますね」

パスクはそう言って笑顔で二人を見送った。


そして、アレクとノックスがやってきたのは、少し大きな白い建物だった。

ノックスの仲間で元Sランクならどんな豪邸《ごうてい》に住んでいるのかと思っていたアレクだったが、その予想は外れた。

「師匠の仲間だから、もっと大きな家に住んでいるのかと思っていました」

「あぁ、ここは、陛下が建ててくれた治療院《ちりょういん》だ。大きな屋敷より、いつでも治療ができた方がいいからな。さぁ、入るぞ」

(ここは家ではなく、病院のような施設なのか……)

アレクはそう思いながら、ノックスに続いて施設に入る。

中に入ると受付のような所があり、案内板を見ると大部屋と個室があることが分かった。

「オレールに会いに来たんだが、面会は可能か？」

ノックスは受付にいる女性に話しかける。

女性も、ノックスを見た瞬間、笑顔で対応する。

「ノックスさん、お久しぶりですね。顔の傷がないから、どなたか分かりませんでしたよ。オレールさんなら、先ほど検診が終わったばかりなので、構いませんよ」

「最近、色々あったのと忙しくてな。ありがとう」

日頃から通っていたんだろうと思わせるやり取りを見て、自分の訓練のせいで来られなかったんだろうかと思い、アレクは申し訳なく感じる。

「アレク坊、何ボーッとしているんだ？　早く行くぞ」

それを聞いたアレクは、「はい」と言ってすぐにあとを付いていく。

病室の前に着くと、ノックスはノックもなく無作法にドアを開けた。

「久しぶりだな。元気にしていたか？　オレール」

オレールは白銀色の髪を背中くらいまで長く伸ばした中性的な顔立ちで、王子様と言っても差し支えのない容姿の男性だ。

そんな彼は木の車椅子に乗りながら外を眺めていた。彼はノックスの声に振り返り笑顔で答える。

「ノックスは相変わらずですね。ノックくらいしたらどうですか？　私は、いつも通り変わらない日々を送っていますよ。それより、そちらの方はどなたでしょうか？」

「こいつは、ヴェルトロ子爵家の養子、アレク様で俺の弟子でもある。仲良くしてやってくれ」

「フフッ。そうでしたか、お初にお目にかかります、アレク様。私は、元Sランク冒険者のオレールと申します。以後お見知りおきを」

車椅子から立ち上がることはできず、オレールは胸に手を当てて頭を下げる。

思わず見惚れてしまうような挨拶をされて呆けていたアレクだったが、すぐにいけないと思い直し、慌てて頭を下げる。

「あ、あの、こちらこそよろしくお願いします。ヴェルトロ子爵家のアレクと申します」

口調のぎこちなさから慣れない挨拶をしていることがバレバレで、オレールもノックスも笑う。

ノックスはアレクの背中を叩きながら話す。

「アレク坊は、貴族らしくない貴族だからな。そのつもりで接してやってくれ。それより、今日はオレールに朗報を届けに来たんだ……もし欠損が治るとしたら、もう一度冒険者をやるつもりはあるか？　オレールの本音を聞きたい」

ノックスにそう問われ、オレールはしばらくの間、外を眺めて考えていた。

「……そうですね。もし、治るのであればまた前みたいに楽しくやりたいですね。それから、ルシファーを次こそは消滅させたい……なんとしても」

オレールは右手の拳を強く握り締めて語る。

「アレク坊のスキルで、お前の怪我を治すことができる。だが、二つ条件がある。一つ目は、誰が欠損を治したか口外しないこと。二つ目は、アレクと俺ともう一人、魔族の青年がいるんだが、その四人でパーティーを組んで冒険者になることだ。条件を呑めるか？」

アレクとしてはオレールは悩むだろう思っていたのだが、パスクと同じように即答する。

「条件を呑みますよ。アレク様、よろしくお願いします」

頭を下げるオレールに、アレクは「任せてください。こちらこそよろしくお願いします」と返す。

「ここでは人目もあるから、とりあえず退院したことにしてここを出て、馬車の中で治療するか。荷物はあるのか？」

「ないですよ。そのまま連れて行っていただいて構いません」

そのあとのノックスの行動は早かった。

車椅子を押して受付にヴェルトロ子爵家の紋章《もんしょう》が入った手紙を置いて「退院するから」と言い残して治療院を出る。

治療院の人達は、何がなんだかという表情で呆気に取られていた。

そして馬車に乗り込むと、次の目的地である服屋を目指して走り始める。

アレクとノックスは二人の新たな仲間のために、服を用意しようとしていたのだ。

しかし、まずはオレールの治療が先だ。ノックスはアレクに話しかける。

「アレク坊、早速だが、薬を頼む」

「はい！　オレールさん、この薬を飲んでください」

アレクがオレールに薬を渡し、ノックスはオレールが薬を飲む前に足と手に巻いてある布を取る。

オレールは躊躇なく薬を飲み干し、全身が光り出す。

そして体の光が収まると手足が元通りになっていた。

オレールはおずおずと自分の手足を触って確かめる。

「これは、本当に私の手足なのですか？　自由に動く！　それに痛くない！」

そう言って泣き崩れるオレールを、三人は温かい目で見守るのであった。

足と腕が戻ったことに喜ぶオレールが、しばらくして泣き止みアレクへと向き直る。

「アレク様、感謝してもし足りません。本当にありがとうございます。約束通り、口外もいたしませんし、仲間になりましょう」

オレールは袖で涙を拭い、アレクに跪いて頭を下げる。病室での挨拶よりも本気の姿勢であった。

「はい！　よろしくお願いします。改めまして、俺は、アレクと言います。皆さんも、一度挨拶をしてお互いの名前を確認し合いませんか？　同じ仲間なのですから」

その言葉を受けて、ノックスから順に自己紹介をしていった。

ノックスとオレールとパスクは、三人とも手足が欠損していたと知り、お互い心を開く。

さらに一人一人の成し遂げたい思いを共有して、早くも仲間意識が芽生え始める。

お互いが仲良くなったところで、次の目的地である服屋に着いた。

パスクとオレールは、服や肌が少し汚れていたので、ノックスが《清潔》《クリーン》をして綺麗にする。

店に入ると服屋の店員がアレクのことを見て慌てている。貴族の来店に慣れていないのだろう。

「い、いらっしゃいませ！　ほ、本日はどのようなご用向きでいらしたのでしょうか？」

店員は凄く慌てて上ずった声を出す。

「こちらの男性二人の衣服を十着ずつご用意していただけませんか？　一着は社交用を、あとの九着は普段着をお願いします」

今後、護衛として連れて行く可能性もある二人に、フォーマルな衣装も持っておいてもらわないといけないと、アレクは考えていた。

「に、二十着も！　今すぐご用意いたします！　皆さん、早くお二人の服を選んで差し上げて！」

女性のような格好に振る舞いをした男性が、周りに指示を出す。

オレールとパスクは店員に言われるがままに、次々服を着替えていった。

そのあと、普段着を選び終わり、今はフォーマルな衣装を着ている。

「オレールさんもパスクもよく似合っていますよ。やっぱり身長があって顔が整っているとなんでも似合いますね」

アレクは心からの感想を述べる。パスクもオレールも身長が高く、とてもスタイリッシュな着こなしになっていた。

「アレク様にそう言われると恥ずかしいですね。私みたいな奴隷には勿体《もったい》ない衣服とお言葉です」

パスクが恥ずかしそうに照れ笑いをする。

「私もですよ。平民にこんな上等な衣装は、不釣り合いですから」

オレールも自分には不釣り合いだと言うが、この店の店員は二人を見てうっとりした表情を浮かべている。

アレクは周りをよく見て、自分達の魅力に気付け！　と思うのであった。

それから無事に衣服を購入して、馬車に乗り帰路につく。

女性のような格好をした男性店員はその店の店長で、帰り際に「また来てくださ〜い」とウインクしていた。

屋敷に戻ると、すでにセバンとナタリーと数人のメイドが待機中だった。アレクは、どこかでセバンが監視しているのではと思ってしまう。

「おかえりなさいませ。アレク様」

セバンは馬車の扉を開けてアレク達を出迎える。

「ただいま。セバン。こちらは、師匠の古い友人のオレールさん。こちらが、奴隷商で購入したパスクワーレさんです」

「これはこれは、アレク様、大変よき人材をスカウトされたのですね。一度手合わせしたいくらいです。オレール様、パスクワーレ様、私はヴェルトロ子爵家で執事をしております、セバンと申します。よろしくお願いいたします」

オレールもパスクも、セバンに挨拶をする。

セバンは、観察するように見つめたあと、笑顔になり「アレク様をよろしくお願いいたします」と言う。

「セバン、二人を部屋まで案内してくれないかな？」

「かしこまりました。客室をご用意いたしますので、お二人は私に付いてきてください」

「よろしくお願いいたします。セバンさん」

「よろしくお願いします。セバンさん」

パスクワーレとオレールは、それぞれ返事をしてセバンに付いていった。

「アレク様、おかえりなさいませ」

二人を見送ると、今度はナタリーがアレクのことを出迎える。

「ナタリー、ただいま。父上に報告したいから、予定を聞いてきてくれないかな？」

ヨゼフに奴隷のことと、オレールを治したことなどを伝えなくてはならない。

「はい、かしこまりました。ご確認してから報告に参ります」

ナタリーは、駆け足でヨゼフのもとに向かう。


そのあと、部屋でゆっくりして、二時間が経った辺りでナタリーが呼びに来た。

「アレク様、旦那様のご準備が整ったようです。執務室でお待ちです」

「ナタリー、ありがとう」

そう伝えるとナタリーは、一礼して仕事に戻っていく。

それからアレクは、伝えられた通り執務室に向かう。

アレクはドアをノックした。

「アレクです。入ってよろしいですか？」

「入りなさい」

ヨゼフから入室の許可が出たので、アレクはドアを開けて中に入る。

「お父さん、ただいま」

「アレク、おかえり。無事で何よりじゃ」

アレクはようやく、挨拶程度ならば普通の親子のような言葉遣いをできるようになっていた。

「無事に、奴隷商で仲間もできました。それから、師匠からお願いされた昔の仲間の傷も無事に治せました。二人とも屋敷に連れてきましたよ」

アレクは簡単に経緯を話す。

「それは、あとで会ってみたいもんじゃな。皆にも紹介せんといかんのぅ。他には何かあるか？」

「奴隷商で買ったパスクワーレですが、魔族であり、魔ノ国の侯爵家次男でした。長男に嵌められて、帝国との戦争中に奴隷となったそうです」

アレクは、パスクが抱いている復讐の計画をあえて伝えないことにした。

何故ならヨゼフがパスクのことをよく知らないままにそのことを話すと、危険人物だと思われてしまいかねないからである。それなら、パスクを知ってもらってから話した方がいいという考えだ。

「なんじゃ⁉　また凄いのを見つけてきたのぅ。魔ノ国の貴族なら、もし帝国の人間と鉢合《はちあ》わせした時の対策を考えておく必要があるな。それにしても、お家騒動とは馬鹿馬鹿しい。何故、家族仲良くできないんじゃろうか」

ヨゼフは驚きを見せるが、すぐにいつもの落ち着きを取り戻し、呆れ気味にそう言う。

「そうですね、魔ノ国に行くことはないかもしれませんが、対策は必要でしょうね。俺も、父上の言う通り、何故仲良くできないのかわかりません。もし、弟か妹が生まれたら俺は溺愛《できあい》すると思います」

冗談めいた口ぶりだが、これがアレクの本心であった。

「ハハハ！　アレクは優しいのぅ。ワシの願いとしては、元気に仲良く過ごしてくれたらそれでええわい」

そのあとは、もし子供ができたら名前をどうするかや、弟や妹と何がしたいかを話し合って、親子の楽しい時間を過ごした。

◆　◇　◆

その頃、足が治った祝いという名目で、ノックスとオレールは、屋敷を離れ酒場へ飲みにやってきていた。

酒場の扉を開けると、二人が健在だった頃と変わらず冒険者が盛り上がっていた。

「相変わらず賑《にぎ》やかな所ですね。何故か我が家に帰ってきたような気がします」

オレールは店の様子を見て自然と笑顔になる。

ノックスはそそくさと空いていた席に座った。

「いらっしゃい！　好きな席に座りな。飲み物はエールでいいかい？」

店員の女性が、注文を取りに来る。

オレールはその言葉すらも懐かしく感じる。

「あぁエール二つと適当に酒のつまみになりそうな物を持ってきてくれ。オレール、ぼぉーっとしていないで座るぞ」

ノックスが、慣れた様子で店員に注文する。

ノックスに呼ばれたので、オレールはノックスの向かい側の空いている席へと座った。

「オレール、あれから体の調子はどうだ？」

「左腕も両足も一切支障なく動いていますよ。本当にアレクくんには感謝しかありません」

オレールは親しげに『アレクくん』と呼んでいるのには理由がある。

アレクが年上のオレールから様付けで呼ばれることを嫌がり、アレクくんと呼ぶことになったのだ。

オレールがしみじみとそう述べたところで、店員が酒と料理を運んできた。

「エール二つと特製オーク焼き、銀貨二枚と銅貨四枚になるよ」

「銀貨二枚と銅貨四枚、ちょうどだ。おばちゃんありがとう」

「はいよ。ゆっくりしていきなね」

ノックスがお金をすぐ払ったので、オレールが払う暇がなかった。

オレールが自分の分の代金をノックスに渡そうとすると、ノックスは手で制す。

「金のことより、乾杯だ」

「フッ、ノックスも昔のままですね。乾杯」

そして二人は木のジョッキに入ったエールを半分くらいまで一気に飲む。

「ぷはぁ～、うめぇな」

「ええ、おいしいですね」

昔からの仲間と久しぶりの乾杯をしたことで、二人は自然と笑顔になる。

「それで、アレクくんをどう育てるのか、決まっているのですか？」

「そうだな……正直あいつの剣の才能は皆無《かいむ》に近い。だから、剣は基礎だけで、魔法中心に鍛えていく感じだな。あとは、戦闘経験がなさすぎるせいで、いつか行き詰まる時が来るはずだ。その時のために、魔物もそうだが、色んな者と戦闘や摸擬戦をさせていく感じだな……いつか必ずルシファーが現れた時、倒せるくらいの存在になってもらいたい」

ノックスはそう語ったあと、ゴクゴクとエールを飲み干す。

「あのノックスが、そんなに熱心に人を教えているなんて驚きですよ。はあ……ルシファーですか……」

忘れたくても忘れることのできないルシファーの名前が出てきて、二人は過去の戦いを思い出す。

一体の悪魔の強大な力に、Sランク冒険者のノックスとセドリックは、圧倒されていた。

ルシファーは人間の青年の肉体に憑依して、そのあり余る力を存分に行使していた。

ルシファーの体は斬ったそばから再生し、非常に硬い拳で素早く避けることができない一撃を繰り出してくる。

「カリン、常に俺達を強化してくれ」

「わかったわ。《能力強化《アビリティストレングス》》《感覚強化《センスストレングス》》」

ノックスがカリンと呼んだ魔法使いの女性が、自分を除く四人に、攻撃力・防御力・素早さ・精神力を向上させる魔法とあらゆる感覚を向上させる魔法を使用した。

しかし、四人同時に強化しているため、どんどんカリンの魔力と体力が削られていく。

「オレール、こいつの動きを止めろ」

「はい！　《雷拘束《ライトニングバインド》》！」

ノックスの指示を受けて、オレールはビリビリと帯電したロープのようなもので、ルシファーの手足と体を拘束する。

「ハリス、同時に最大火力の《灼熱息吹《フレアブレス》》をぶち込むぞ！」

「任せて！」

「「《灼熱息吹《フレアブレス》》！」」

ノックスとハリスは竜のブレスに近い威力の炎をルシファーに放つ。

炎が通過した地面はマグマのようにドロドロになり、直線上にあった山は半分なくなっていた。

辺り一面に煙が立ち込める。

それが晴れていくにつれ――五体満足なルシファーの姿が明らかになっていく。二人の攻撃は全く効いていなかった。

「はぁはぁはぁ……嘘だろ……」

ノックスとパーティーメンバーは絶望的な顔をする。

「驚いたぞ、ここまでの人間がいようとは。喜べ、人間よ。我の本気の一部を見られるのだからな」

ルシファーがそう言い、手を天にかざして振り下ろす。

何が起こったのか、さっぱりわからない間に、ハリスとセドリックとカリンが倒れる。

そしてオレールは、気付くと両足と左腕がなくなっていた。

「ぐわぁぁぁ……い、急いで治癒魔法を……」

痛みで意識が朦朧とする中、血を止めるために、オレールは失った両足と左腕に治癒魔法を使う。

「おい！　ハリス、セドリック、カリン、しっかりしろ！」

無事だったノックスは倒れている三人に呼びかけるが、なんの反応も示さない。

「そいつらは、もう助からん。どうだ？　仲間を失った感想は？」

「……うわぁぁぁぁぁぁ!!」

ノックスは近くにいたハリスを抱えて、涙を流して叫ぶ。

「ぐっははは、素晴らしい……これが、仲間の死を体験した人間の感情というものか？　これを集めることができれば、我は完全な復活を遂げることができる。さあもっと叫べ、悲しめ！」

「クソ野郎が……！」

ノックスはハリスをゆっくり地面に降ろすと、大剣を握りしめてルシファーに向かって走り出す。

そして、力任せに大剣を振り回した。

しかし、そんな攻撃が当たるはずもなく、簡単に躱される。

「我は忙しいのでな。そろそろ終わるとしよう」

そう言って、ルシファーはノックスにゆっくりと近づく。

その時、致命傷を負ったオレールが、最後の力で魔法を放ってルシファーを氷漬けにして身動きできないようにした。

「《氷結牢獄《フリージングプリズン》》！　カリン、今です」

そして同じく致命傷を負っていたカリンが、寂しそうな視線を仲間達に送りながら、魔法を使う構えをする。

「みんな大好きだったわ。そして、ノックス……ずっと愛していたわ。これで、やつを倒して……《限界突破《リミットブレイキン》》」

カリンは人生で一度しか使えない支援魔法《限界突破《リミットブレイキン》》を使った。それは自身の生命力と引き換えに、対象の魔力や攻撃力を大きく引き上げる魔法だ。

そしてそれを使った直後、カリンは息絶える。

ルシファーはすぐに《氷結牢獄《フリージングプリズン》》を壊して自由を取り戻した。

「何故その娘は生きているんだ？　我が殺したのだぞ」

カリンは攻撃を受ける直前、防御魔法を自身にかけており、間一髪《かんいっぱつ》で即死を免れていた。

「カリン……俺もお前が好きだった。お前が託《たく》してくれた思い、無駄にはしない。《地獄神炎《ヘルゴッドフレイム》》」

ノックスは、天高く手を上げて、振り下ろす。

だが、特に変化は起こらなかった。

ルシファーはノックスを嘲笑する。

「何も起こらないではないか？　ぐっはははは、ゆっくりお前を殺して……ぎゃあああああ!!」

しかしその瞬間、空から急に高密度の炎が降り注ぎ、ルシファーへと直撃する。

ルシファーは苦しみながらも、ノックスに向けて攻撃を放った。

それはノックスの右脚に直撃し、脚は跡形もなく消し飛ぶ。

「ぐああっ……！」

ノックスのうめき声が響く中、ルシファーの体が業火《ごうか》に包まれ、原形を失っていく……

ノックスはそれを見て、戦いの終わりを実感するとともに、失ったものの大きさを認識していた。

「なんとか終わったが、みんなを失ってしまった……」

無茶な魔法の使用で魔力回路が破壊されて片足を失い、体力も底を尽きたノックスは、そのまま仰向けに倒れる。

体が破壊されたルシファーは、魂のような存在となり次の肉体を求めてさまよい出した。

（カルマが貯まった時は、お前にさらなる絶望を与えてやろう……）

ノックスの耳にはそんなルシファーの声が聞こえるのであった。


「……あのような経験は、私達だけで十分です。絶対に、二度とあのようなことがないようにしましょう。アレクくんの絶望の顔など見たくありませんからね」

オレールがエールの入ったジョッキを見ながら真剣な口調で言う。

「そうだな。そのためにも、ガッツリと鍛えてやらないとな」

このあとは、オレールが気になっていたノックスの恋のことを尋ねたり、昔の仲間の話をしたりして、近々墓参りに行こうということになった。

久々のノックスとオレールの酒場での話は、閉店まで続くのであった。

◆
◇
◆

王城で開かれる晩餐会の前に、ヨゼフから家族三人でお出かけをしようと言われて、現在アレクは庭で二人が来るのを待っていた。

少しして、いつもより綺麗な服に身を包んだ二人とロイス団長がやってきた。

「アレクちゃん、お待たせしたわね」

「待たせたのう。では、すまんがロイス団長、護衛を頼むぞ」

「はい。命に代えても、お守りいたします」

ロイスは団長と呼ばれることがいまだに嬉しいようで、笑みを浮かべている。

「母上……」

「駄目よ！　今日は、お母さん、お父さんと呼びなさい」

「はい！　いや、うん、わかったよ、お母さん。いつも以上に綺麗だよ。お父さんも凄くカッコいい！」

「もう、アレクちゃんったら。アレクちゃんも可愛いわよ。ねぇ～あなた？」

アレクがカリーネを褒めると、カリーネはアレクを抱きしめる。

「そうじゃな。アレクは、いつも以上に可愛いのう」

ヨゼフにも褒められ、恥ずかしさを感じながら、アレクは口を開く。

「お母さん、そろそろ離してよ。街に行くんでしょ」

「そうね。初めてのお出かけですもんね。早く行きましょう」

（外出するだけなのに、出発の時点でこんなに時間がかかって大丈夫かな……）

アレクは心配になりながらも、門に向かう二人に付いていく。

それから、門を出て歩いて出かける。

屋敷の使用人からは、「危ないです」と言われたのだが、若返った二人は自分の足で歩いて外出がしたいと、徒歩で街へ繰り出していった。

「馬車で見るのと、歩いて見る街並みとは、全然違いますね。ゴミも落ちていませんし、並木も綺麗ですし、いい街ですよ」

この世界の木なのだろうが、アレクには前世のイチョウ並木を歩いているように感じられた。

「これは、お父さんの発案なのよ。孤児院の子供達に清掃《せいそう》の仕事を与えて綺麗にしてもらっているの。最初は、街の人は嫌な顔をしていたんだけど、毎日真剣にやる姿を見て、今じゃ街の人とも仲良く会話するくらいになったの」

「お父さん、凄い！　身寄りのない子供達を救うなんて……尊敬します。それと、清掃してくれている方にも感謝ですね」

「なんじゃ……照れるのぅ。そんな大それたことではないが、そうじゃな、子供達には、感謝しないとの」

ヨゼフはアレクから褒められて、顔を赤くする。

「そういえば、今日は、これからどこに行く予定なの？」

出かけることが決まってから、一切今日の予定を聞かされていないアレクは、二人に尋ねる。

「そうじゃったな。今日は、家族三人の共通のアクセサリーが欲しいなと思っとったんじゃ。そこで、宝石店に行こうと思っとる」

「あら？　お揃いのブローチでも作るつもりなのかしら？」

カリーネにも予定を伝えていないことに、アレクは少し驚いた。

「そうじゃのう、首飾りなんかもいいかもしれん、大きめの宝石で、一目で見分けられるような……」

そこから二人は宝石談議に花を咲かせてしまった。

あれがいい、これがいいと言い合ううちに、想像する宝石のサイズがどんどん大きくなっていった。

もっとさりげない物がいいと思ったアレクは、二人に提案しようと口を開く。

「あの、指輪はどうでしょう？」

それを聞いたヨゼフとカリーネは首を捻る。

ヨゼフがアレクに聞いてくる。

「ゆびわとは、なんじゃ？」

（確かに、父上も母上も綺麗な服を着ているけど、指輪をしているところは見たことがないな……もしかして、この世界には指輪がないのか？）

そう疑問に思ったアレクは、説明をすることにした。

「小さめのリングに宝石が付いていて、指にはめる物なんだけど……自分の好きなように形も色も宝石も変えることができるんだ。説明が難しいから宝石店に着いたら、紙と書く物を借りて書いてみるね」

「なんだかよく分からないけど、アレクちゃんの発明ならおもしろい物ができそうで楽しみだわ」

アレクの言葉に、カリーネは顔を輝かせる。

（俺の発明ではないんだけどな……でも指輪はいつか結婚する相手に渡したいし、ないなら作ってもらうに越したことはないな）

複雑な思いを抱きながら、アレクは二人と一緒に歩き続ける。

「そろそろ、宝石店に着くぞい。この先の三つ目の店じゃ」

ヨゼフがそう言って少し先にある店を指さした。

アレクは意外にも宝石店が近かったことに驚く。

少し歩いて宝石店に着き、店のドアを開けるとカランカランと音が鳴った。

「いらっしゃいませ～、本日は……ヴェ、ヴェルトロ様!?　そ、それに奥様とアレク様まで……」

男性の店員は、目をまん丸にして驚いている。

「急に来てすまんのぅ。それと、来て早々悪いが、紙と書く物を貸してくれんか？」

「は、はい！　すぐ、お持ちいたします」

いきなりどういうことだろうと思う店員だったが、走って取りに行く。

「お待たせいたしました」

店員は、この世界では珍しい上質な紙と万年筆を持ってきた。

「アレク、さっき言っておった指輪なる物を書いてくれんか？」

「はい」

アレクは、意外にも絵がうまく、スラスラと前世で見た指輪をいくつも書いていく。

そして、一人の女性店員が気になって見たところ凄く驚き、「可愛い～」と言った瞬間、他の店員も群がってきた。

「アレク様、これは一体なんでございましょう？」

店長らしき人が、気になって尋ねてくる。

「これは、指輪というアクセサリー……う～ん？　ブローチのように人を美しく見せたりする物です。それで、お願いなのですが、この指輪を三人分作ってはもらえませんか？」

「是非！　作らせていただきたいと思います。試作品ができ次第、屋敷へお伺いいたしますので、それを気に入っていただけましたら、アレク様の理想の指輪を作らせていただきたいと思います。あと販売について、この指輪を売って生じた利益の一部を、アレク様に差し上げたいと思いますが、いかがでしょうか？」

それから契約の話になり、話を聞いていると、どうも独占契約を結びたいとのことだった。

だが、アレクは聞いていても全くわからなかったので、全てヨゼフに任せることにした。

ヨゼフがホクホク顔をしていたので、こちらに利益がある契約であることはアレクには想像に難くなかった。

「アレク、ここに名前を書いとくれ。アレクには、毎月この額が支払われるぞ」

その額、なんと金貨二百枚だった。

アレクは、まだ販売もしていないのにと驚き、店長に尋ねる。

「売り出してもいないのに、こんなにもいただいて大丈夫なのですか？」

すると店長は胸を張って答えた。

「問題ございません。必ず売れると確信しておりますから」

「ならいいのですが……とりあえず試作品を楽しみにお待ちしております」

「はい！　これから長い付き合いになりますが、どうぞよろしくお願いいたします」

店長は深々とお辞儀をした。

「こちらこそ、よろしくお願いいたします」

アレクもそう言って頭を下げる。

（なんだか凄いことになったが、とりあえず指輪を注文できるようになってよかったな……）

またも複雑な思いを抱えながら、アレクはこれからのことに思いを馳せるのであった。

The Record by an Old Guy in the world of Virtual Reality Massively Multiplayer Online
とあるおっさんのVRMMO活動記
椎名ほわほわ
Shiina Howahowa
1～28
アルファポリス第6回ファンタジー小説大賞読者賞受賞作!!
累計180万部突破の大人気作（電子含む）
TVアニメ
2023年10月2日より放送開始！
TOKYO MX・BS11ほか
コミックス1～11巻好評発売中！
超自由度を誇る新型VRMMO「ワンモア・フリーライフ・オンライン」の世界にログインした、フツーのゲーム好き会社員・田《た》中《なか》大《だい》地《ち》。モンスター退治に全力で挑むもよし、気ままに冒険するもよしのその世界で彼が選んだのは、使えないと評判のスキルを究める地味プレイだった！
――冴えないおっさん、VRMMOファンタジーで今日も我が道を行く！
1～28巻 好評発売中！
各定価：1320円（10%税込） illustration：ヤマーダ
現実じゃ冴えない会社員でもVRMMOの中では名うてのスキル職人!?
ネットで人気爆発!
第6回アルファポリスファンタジー小説大賞 読者賞受賞作、待望の書籍化!
現実じゃ冴えないおっさんが料理生産から冒険までVRMMOで大活躍!!
漫　画：六堂秀哉 B6判
各定価：748円（10%税込）
アルファポリスHPにて大好評連載中！
アルファポリス 漫画　検索

月が導く異世界道中
Tsukiga Michibiku Isekai Dochu
あずみ圭
Azumi Kei
1~18
8.5
シリーズ累計
350万部
(電子含む)
の超人気作!
TVアニメ 第2期
2024年1月から
2クール 放送決定!
異世界へと召喚された平凡な高校生、深澄真。彼は女神に「顔が不細工」と罵られ、問答無用で最果ての荒野に飛ばされてしまう。人の温もりを求めて彷徨う真だが、仲間になった美女達は、元竜と元蜘蛛!? とことん不運、されどチートな真の異世界珍道中が始まった!
2期までに
原作シリーズもチェック!
●各定価：1320円(10%税込)
●illustration：マツモトミツアキ
1~18巻好評発売中!!
漫画：木野コトラ
●各定価：748円(10%税込) ●B6判
コミックス1~12巻好評発売中!

Re:Monster
リ・モンスター
金斬児狐
Kanekiru Kogitsune
1〜9・外伝
8.5
暗黒大陸編1〜3
シリーズ累計
150万部
(電子含む)
突破!
TVアニメ化
決定!!
ネットで話題沸騰!
怪物転生
ファンタジー
最弱ゴブリンの下克上物語 大好評発売中!
Re:Monster
リ・モンスター
【小説】
1〜9巻/外伝/8・5巻
◉各定価:1320円(10%税込)
◉illustration:ヤマーダ
新章
Re:Monster
暗黒大陸編
1
【小説】
1〜3巻(以下続刊)
◉各定価:1320円(10%税込)
◉illustration:NAJI柳田
コミカライズも大好評!
Re:Monster
リ・モンスター
1
【漫画】
1〜10巻(以下続刊)
転生したのは…最弱ゴブリン!?
異世界下克上
サバイバルファンタジー
累計
23万部
突破!!
待望のコミカライズ!!
◉各定価:748円(10%税込)
◉漫画:小早川ハルヨシ

この作品に対する皆様のご意見・ご感想をお待ちしております。

おハガキ・お手紙は以下の宛先にお送りください。

【宛先】

〒150-6008 東京都渋谷区恵比寿 4-20-3 恵比寿ガーデンプレイスタワー 8F
（株）アルファポリス　書籍感想係

メールフォームでのご意見・ご感想は右のＱＲコードから、
あるいは以下のワードで検索をかけてください。

アルファポリス　書籍の感想　検索

ご感想はこちらから

本書はWebサイト「アルファポリス」（https://www.alphapolis.co.jp/）に投稿されたものを、
改題、改稿、加筆のうえ、書籍化したものです。

チート薬学《やくがく》で成《な》り上《あ》がり！
伯爵家《はくしゃくけ》から放逐《ほうちく》されたけど優《やさ》しい子爵家《ししゃくけ》の養子《ようし》になりました！

めこ

2023年　10月　31日初版発行

編集－高橋涼・村上達哉・芦田尚
編集長－太田鉄平
発行者－梶本雄介
発行所－株式会社アルファポリス
〒150-6008 東京都渋谷区恵比寿4-20-3 恵比寿ガーデンプレイスタワー8F
TEL 03-6277-1601（営業）　03-6277-1602（編集）
URL https://www.alphapolis.co.jp/
発売元－株式会社星雲社（共同出版社・流通責任出版社）
〒112-0005 東京都文京区水道1-3-30
TEL 03-3868-3275
装丁・本文イラスト－汐張神奈
装丁デザイン－AFTERGLOW
印刷－中央精版印刷株式会社

価格はカバーに表示されてあります。

落丁乱丁の場合はアルファポリスまでご連絡ください。

送料は小社負担でお取り替えします。


ISBN978-4-434-32812-1 C0093